Kommissar Jopetho ermittelt

Kapitel 1:

Es verging seitdem kein Tag mehr, an dem er nicht an den Abend im Herbst denken musste. Die Bilder würden wohl nie aus seinem Kopf verschwinden, hineingebrannt in die Festplatte seiner Erinnerungen. Schweißgebadet in der Nacht oder mitten in einer der sinnlosen Besprechungen, die es in seinem Job zahlreich gibt, sind sie immer da. Er vermutet sogar, dass sie sich im Laufe der Zeit intensivieren würden. Und mit den Bildern kommt auch das Gefühl der Ohnmacht von damals wieder hoch. Eigentlich hatte er gehofft, dass nach einigen Monaten alles leichter werden würde für ihn. Aber Mord blieb Mord... auch nach 4 Monaten.

Ihre Haare lagen wie von einem Frisör gestylt am Boden und klebten mit dem angetrockneten Blut am Asphalt. Der Blick war starr, nicht vor Furcht, sondern eher verwundert. Er hatte sofort gewusst, dass sie tot war. Noch bevor er das Blut wahrgenommen hatte. Ihre Finger lagen gespreizt, passend zur Frisur, wie ein Fächer am Boden und schienen wie fixiert. Die Beine überkreuzt aber ausgestreckt. Schön war sie. Jedenfalls früher, als sie noch lebte. Und so wie sie dalag, erinnerte sie an ein Modell für ein Kunstwerk eines Pop-Art Künstlers.

Er war angerufen worden, in der Nacht. Er sollte zum Parkplatz am Rande der Stadt kommen, oben am Aussichtspunkt. Sofort. Und er, obwohl schon nach Dienstschluss, machte sich auf zum Parkplatz. Ein Kommissar ist eben immer im Dienst. Und es war ja auch ein Kollege – zumindest behauptete der Anrufer dies.

Es ging um einen wichtigen vertraulichen Hinweis, der Rest würde vor Ort folgen.

Das war Unsinn... aber das wusste er erst jetzt. Kein Kollege wurde je gefunden der ihn angerufen hatte, sondern vermutlich ein Zeuge der die Leiche gefunden hatte und sicher sein wollte das jemand kommt. Aber woher hatte der seine Handynummer? Oder vielleicht hatte der Mörder selbst angerufen? Seit damals hat er keine Spur gefunden die ihn irgendwie weitergebracht hätte.

Es gab nur den Anruf – dessen Nummer nicht zurückverfolgt werden konnte – und die inszenierte Art wie die Erschlagene da lag. Wer sie war konnte bis jetzt nicht herausgefunden werden. Trotz internationaler Vergleiche der Vermisstenmeldungen. Sie ging niemandem ab. Sie war circa 25 bis 30 Jahre alt, schlank, brünett und sportlich muskulös. Ein Tattoo an der Wade mit „Freedom" wurde noch an zahlreiche Tätowier-Studios Europas geschickt, in der Hoffnung Hinweise auf die Identität zu bekommen.

Der Tod war vermutlich mit einem einzigen Hammerschlag herbeigeführt worden. Dann wurde sie zum Parkplatz gebracht, abgelegt und hergerichtet. Kommissar Jopetho surfte im Netz um ähnliche „Kunstwerke" zu finden.

Und dann fand er das Album der Wiener Band „Beastfinder", deren Cover zur CD aus 2016 sehr ähnlich war...zu ähnlich für einen Zufall! Endlich eine erste Spur?

Kapitel 2:

Eine rote Korkenzieherlocke hing ihr ins Gesicht. Ihre Haare waren mehr als widerspenstig, nie blieben sie so, wie sie es wollte. Da konnte sie bürsten und kämmen und waschen und föhnen, am Ende standen sie doch wieder in alle Richtungen und fielen ihr wild und unbändig in dicken Strähnen über die Schulter. Und jetzt, wo sie es so eilig hatte, war es fast ein Wunder, dass nur eine Strähne vor ihrem Blickfeld auf und ab hüpfte. Ihre lange lederne Umhängetasche baumelte an ihrer Seite herab und drohte bei jedem Schritt von der Schulter zu rutschen. Sie hetzte weiter den langen schlichten Gang entlang. Die Wände waren kahl, nur vor jeder Tür hingen Namensschilder mit den darin beheimateten Mitarbeitern. Das Licht wirkte unnatürlich kalt und steril und verlieh den weißen Wänden ein kühles und wenig einladendes Aussehen.

Kurz vor dem Ende des Ganges geriet sie ins Straucheln und beinahe hätte sie den Aktenstapel fallen lassen. Zum Glück nur fast. Schon ihre Mutter hatte sie immer mit einem geringschätzigen Blick bedacht, wenn sie wieder einmal gestolpert war oder etwas fallen gelassen hatte „*Du bist ein Trampel. Wie soll je eine Dame aus dir werden, wenn du dich so ungeschickt anstellst?*" „*Vielleicht will ich gar keine Dame sein*"

hat sie dann immer gerufen und ist manchmal wütend, manchmal weinend in ihrem Zimmer verschwunden.

Nachdem sie ihr Gleichgewicht wiedergefunden hatte, hetzte sie weiter bis zu der Tür am Ende des Ganges. „*Seminarraum*" stand auf dem kleinen Schild rechts von der Tür. Sie blieb stehen, versuchte alle Akten in einem Arm zu halten und sich

4

mit der anderen ihre leicht zerknitterte Bluse und die ausgewaschene Jeans zurecht zu zupfen. Dann holte sie noch einmal tief Luft und öffnete die Türe.

In dem geräumigen Raum stand ein großer rechteckiger Tisch in der Mitte. Rundherum standen insgesamt zwanzig Stühle, vom Typ schwarzer unbequemer Wippstuhl. In der Mitte des Tisches standen ein paar Wasserflaschen sowie leere Gläser. Am linken sowie am rechten Ende des Tisches standen jeweils ein Teller mit etwas Plundergebäck. In der rechten Ecke an der gegenüberliegenden Wand stand ein kleiner Beistelltisch, auf der die Filterkaffeemaschine stand. Zu ihrer insgeheimen Freude war der Kaffee scheinbar gerade erst frisch aufgebrüht worden. Wobei, so nervös wie sie gerade war, sollte sie vielleicht auf einen Kaffee verzichten. Generell wurde ihr bereits mehr als einmal gesagt, ob von ihrer Mutter oder von ihrer Schwester, dass sie viel zu viel Kaffee trinken würde. Aber ein Laster musste man doch noch haben dürfen.
Eine Topfpflanze mit großen grünen Blättern, welche ihre besten Tage schon hinter sich hatte, stand in der linken Ecke. Ansonsten war der Raum abgesehen von dem Beamer, welcher sein Bild an die Wand neben der Türe warf, und einem Whiteboard an einer weiteren Wand, leer.

Es waren bereits drei ihrer Kollegen anwesend. „Guten Morgen" grüßte sie kurz, dann versuchte sie sich so unauffällig wie möglich zu einem der Stühle an den Tisch zu begeben und legte die bereits schwer werdenden Akten behutsam ab. Dann huschte sie zur Kaffeemaschine und schenke sich eine Tasse ein. Milch oder Zucker nahm sie nie. Sie ging zurück zu ihrem Stuhl und setzte sich hin, sich wohl bewusst, dass ihre Kollegen sie genau beobachteten.

Sie war es gewohnt, von ihren männlichen Kollegen angestarrt und gemustert zu werden. Sie war schlank, fast schon dürr, hatte grüne stechende Augen mit kleinen grauen Sprenkeln um die Pupille und Unmengen an Sommersprossen um ihre kleine Nase. Ihre roten Korkenzieherlocken rahmten ihr rundliches Gesicht ein und reichten ihr bis unter die Schulterblätter. Ihre überaus helle Haut war einzig und allein dazu gedacht, sich bei jedem Sonnenstrahl sofort rot zu verfärben. Sie konnte nie einschätzten, ob sie den Männern gefiel oder sie sie eher als sonderbar empfanden, vermutete aber eher Letzteres. Was die Männer aber fast immer in die Flucht schlug, war ihr Verstand. Als forensische Analystin konnte sie sich durchaus als klug bezeichnen. Es war wohl so ziemlich das einzige, worin sie wirklich gut war. Und worauf sie stolz war.

Sie wurde ganz plötzlich aus ihren Gedanken gerissen, als die Tür zum Seminarraum aufging und eine Gruppe von fünf Männern und zwei Frauen den Raum betraten.

Sie stieß an ihrer Kaffeetasse an und verschüttete ein paar Tropfen der lauwarmen braunschwarzen Flüssigkeit über den Tisch. Dabei traf ein Tropfen auch die Ecke der obenliegenden Akte. Sie fluchte innerlich.

Kommissar Jopetho schloss hinter sich die Tür und schritt ans obere Kopfende des Tisches. Bei den restlichen vier Männern handelte es sich um die Detektive Maurer und Lehmann, sowie den Gerichtsmediziner Dr. Stohlberg und seinen Assistenten Thomas. Thomas mochte sie gerne. Er war sehr schüchtern und auch ein wenig schusselig. Vielleicht mochte sie ihn deshalb.

Und weil er sie immer freundlich behandelte und keine Angst vor ihrer Intelligenz hatte. Eigentlich waren sie Freunde seit sie sich kennen gelernt hatten.

Bei den Frauen handelte es sich um Officer Rohleder, Mikitsch. Die drei Männer, welche bereits vor ihr im Raum waren, hießen Officer Klein, Novak und Siemens.
Als schließlich alle am Tisch Platz genommen hatten trat Stille ein und ihre Blicke ruhten gespannt auf Kommissar Jopetho.

Kapitel 3:

Kommissar Jopetho war Situationen, in denen er die volle Aufmerksamkeit im Raum hatte, gewöhnt. Er genoss es sogar. Er zögerte den Moment noch etwas in die Länge in dem sich die Anwesenden Gedanken machten, was nun folgen würde. Beim Blick in die Runde vernahm er die angespannten Gesichtsausdrücke der Besprechungsteilnehmer. Seine Augen stoppten bei einer Frau mit fast unnatürlich auffälligen roten Locken und einem scheinbar noch nicht von ihr entdeckten Kaffeefleck am Kragen ihrer weißen Bluse. Dann wanderte sein Blick hinab zu den vor ihr liegenden Akten…
„Frau…" ihr Name war ihm entfallen… „Manicova. Ich bin die zuständige Forensikerin in dem Fall" sagte sie mit einem ihn überraschenden russischen Akzent. „Frau Manicova, wären Sie so nett und stellen Sie uns gleich zu Beginn die von Ihnen festgestellten Ergebnisse der Untersuchung vor, weswegen Sie um diesen Termin gebeten haben?". Fr. Manicova hatte ihn am Vortag per Mail um einen dringenden Termin bezüglich neuer Erkenntnisse im Fall Beastfinder gebeten. Sie wollte unbedingt, dass alle dabei sind. Er mochte diese in seinen Augen überhebliche und hektische Vorgehensweise von ihr nicht. Nicht zuletzt, weil er diese großen sinnlosen Besprechungen nicht leiden konnte, bei denen die Hälfte der Teilnehmer gedanklich schon im nächsten Termin oder im Streit mit dem Ehepartner waren. „*Offensichtlich nutzt sie jede Gelegenheit, um aus ihrem Labor rauszukommen und zur Abwechslung mal die Aufmerksamkeit von noch lebenden Menschen zu genießen*", dachte er sich gehässig.

Von der Situation überrumpelt sprang Fr. Manicova auf und fing an die Aktenkopien an die Besprechungsteilnehmer zu verteilen. Dabei ähnelte ihr Gang eher einem vor sich hin stolpernden Kleinkind als der, der überheblichen Russin, für die er sie zu Beginn hielt, als ihre Mail ihn am Vortag erreicht hatte. Mit leicht zittriger Stimme begann sie, noch bevor alle Akten verteilt waren, zu sprechen: „Für alle die mich noch nicht kennen, mein Name ist Anija Manicova, ich bin vor einem Monat von Russland nach London gekommen und untersuche den Fall Beastfinder. Ich gehe davon aus, dass Sie alle mit den Eckdaten des Falls vertraut sind?"

Die Besprechungsteilnehmer nickten zustimmend oder blickten etwas verlegen zu ihren Sitznachbarn. Kommissar Jopetho deutete die Blicke und meldete sich mit strengem Tonfall zu Wort: „Nun, wir gehen davon aus, dass der Mörder nicht aus dem Affekt gehandelt hat, sondern dass sein Werk bereits lange im Voraus geplant war. Darauf schließen wir, aufgrund der künstlerischen Darstellung, in der er sein Opfer positioniert hatte. Offene Fragen, die wir uns stellen müssen, lauten zum einen ob es einen Zusammenhang mit dem Cover der 2016 erschienenen CD der Band Beastfinder gibt, welche kurzerhand zum Namensgeber dieses mysteriösen und mittlerweile publiken Falls für die Medien wurde…" er legte eine kurze Redepause ein, bevor er etwas leiser und bedacht fortfuhr „… zweitens bleibt zu klären, ob der Anrufer, der mich zum Tatort gerufen hatte, auch der Mörder war und warum er dies getan hat…" er wendete sich nun direkt an Anija „… und zuletzt die Frage, ob es sich bei dem Tattoo der Toten um einen Teil des ‚Kunstwerks' handelt, oder ob dieses in keinem direkten Zusammenhang mit dem Fall steht. Um diese Frage zu klären, wurde Fr. Manicova zur forensischen Untersuchung zum Fall hinzugezogen". Die Besprechungsteilnehmer nickten fast unmerklich und wandten sich anschließend ebenfalls wieder Anija zu.

„Dankeschön" sagte diese, nun leicht errötet. Sie sammelte sich kurz und fuhr dann fort: „Eines der Tattoo-Studios hat sich vor wenigen Tagen auf unsere Fahndung gemeldet und angegeben, vor etwa sechs Monaten ein eben solches Tattoo gestochenen zu haben, wie das der Toten. Daraufhin habe ich die im Studio verwendete Farbe, mit den tätowierten Hautpartikel von der Toten verglichen und - es passt! Natürlich ist der Tätowierer nicht der Einzige, der diese Art von Farben benutzt aber nach Überprüfung des Herstellers und Lieferanten, zumindest der einzige in London. Als Name hat die junge Frau dem Tätowierer Melinda Worms angegeben"

Kapitel 4:

Worms? Jopetho dachte dabei an die Nibelungensage. Die drei Königsbrüder Gunther, Gernot und Giselher waren von dort, kamen aber als Täter wohl nicht mehr in Frage….
„Welche Infos gibt es über diese Melinda Worms?"
„Sie stammt aus Köln und hat bei uns studiert. Musik. Sie gilt als vermisst, aber irgendwie ist die deutsche Meldung bei uns nicht eingegangen."
„Schlamperei!"
„Wir haben auch schon DNA aus Deutschland angefordert. Das Ergebnis steht noch aus, aber die Fotos passen schon jetzt mit der Toten zusammen."
„Was hat sie konkret studiert?"
„Jazzgitarre und Komposition"
Jopetho hoffte insgeheim auf eine direkte Verbindung zu den Beastfindern. Na ja, dies würde jedenfalls alles deutlich einfacher machen.
„Hat jemand mit der Band Beastfinder Kontakt aufgenommen? Kannten die Melinda?"
Im Raum schauten sich alle gegenseitig an.
„…das heißt Nein! Ladet mir die Burschen alle vor und zwar sofort, sodass sie sich vorher nicht absprechen können. Und besorgt mir alles von der Band, inklusive alle Alben und Liedertexte."
Die Polizisten-Gruppe erhob sich fast gleichzeitig und bewegte sich rasch zur Türe...Jopetho blickte ihnen nach.
„Frau Manicova! Dr. Stohlberg! Sie bleiben noch ein wenig hier, bitte!"

Die hübsche Forensikerin nahm vor ihm Platz und harrte der kommenden Frage. Stohlberg blickte eher gelangweilt drein.

„Gibt es für Sie noch Spuren an der Leiche oder am Fundort die verdächtig sind, irgendwelche Hinweise? Speziell Hinweise über die unnatürliche, künstliche Lage der Toten."

„Sie hatte Druckstellen und rote Abdrücke!"

„Woher? Wurde sie geschlagen, gewürgt…?"

„Ich vermute, sie war in der SM Szene! Die Abdrücke waren nicht stark genug für richtige Gewalt, aber eben vorhanden. Sie hatte keine Drogen oder keinen Alkohol im Blut. Aber sie war Raucherin. Dies sah man auch an den Fingern, ich vermute selbstgedrehter Tabak.

Und die Haare der Toten wurden erst an der Fundstelle zurechtgelegt und dann mit Haarspray fixiert." „Der war auch am Asphalt des Fundortes" fügte Anija hinzu. Die beiden Männer sahen sie genervt zu ihr herüber. „Kein Hinweis auf Sex die letzten drei Tage. Sie hatte aber auch schon lange nichts gegessen, ihr Magen war leer."

Jopetho bekam Hunger, als er vom leeren Magen erfuhr.

„Gemma was Essen!" fuhr aus ihm heraus, was keine Frage war, sondern eher den Charakter einer Weisung hatte. „Ohne mich, die Arbeit ruft." widersprach Dr. Stohlberg.

„Gern, aber für mich kein Fleisch…und keine Diskussion darüber!" antwortete Anjia.

„Mir eh wurscht" mummelte Jopetho und ging ohne Zögern zur Türe.

Kapitel 5:

Jopetho und Anija hatten sich schweigend auf dem Weg zu einem Imbiss drei Straßen weiter von der Polizeistation gemacht. Anija fühlte sich unwohl in der Gegenwart des Kommissars. Er hatte eine kühle, direkte und forsche Art und sie hatte das Gefühl, dass er sie nicht mochte. Eigentlich war sie das gewöhnt, trotzdem machte es sie nervös. Denn es war ihr erster wirklich großer Mordfall, seit sie nach London gezogen war. Und da wollte sie alles richtig machen. Sie hatte lange gezögert, bis sie die E-Mail an den Kommissar verschickt hatte, in der sie um das Treffen gebeten hatte. Sie hatte die E-Mail sicherlich mindesten ein halbes Dutzend Mal umgeschrieben. Und doch war sie am Ende nicht zufrieden gewesen. Sie wollte die Besprechung unbedingt, aber auch nicht so, dass sie mit dem Kommissar alleine gewesen wäre. Und sie hatte gehofft, dass sie mehr Informationen von den anderen Kollegen erhalten würde, sodass sie hier vielleicht neue Ansätze erhalten würde. Fehlanzeige! Jopetho hatte die Besprechung sofort wieder beendet. Kaum Informationen außer einem leeren Mageninhalt und kein Geschlechtsverkehr seit einigen Tagen. Das war kaum die Art von Hinweisen, auf die sie gehofft hatte. Wie sollte sie damit neue wichtige Fakten zu dem Fall aufdecken, die vielleicht sogar zur Ergreifung des Täters führen würden?

Beim Imbiss angekommen bestellte sich Kommissar Jopetho Fish &Chips mit extra Sauce.
Sie konnte wie immer kaum etwas Vegetarisches auf der Karte entdecken, weshalb sie sich lediglich Chips ohne Fish, aber mit extra Sauce bestellte.

Schon nach den ersten beiden Bissen verfluchte sie die Sauce, als ein Klecks auf Ihrer Bluse auf Höhe ihrer linken Brust landete. Hoffentlich war ihm das nicht aufgefallen.

Kommissar Jopetho mochte keine Menschen, die ständig nervös waren. Und ungeschickte Menschen auch nicht. Beides schien auf diese forensische Analystin zuzutreffen. Ob es eine gute Idee war, dass ausgerechnet sie dem Fall zugeteilt wurde? Aber die russischen Kollegen hatten sie in den höchsten Tönen gelobt. Trotz ihres sehr jungen Alters war sie laut dem Empfehlungsschreiben eine wirkliche Spezialistin auf ihrem Gebiet. Und ihrem Aussehen und Auftreten nach hat sie sich nicht zu diesem Lob „hochgeschlafen". Wobei sie überaus hübsch war. Aber auf eine ganz eigene Art und Weise…

„Da wir nun den Namen der Toten herausfinden konnten, gibt es noch weitere Informationen, die man anhand des Tattoos oder des Tattoostudios erhalten konnte?"

Er sah sie forschend an.

„Nur unzureichend. Der Tätowierer meinte, sie war eine eher unscheinbare Kundin. Sie kam mit einer ziemlich genauen Vorstellung, war kaum offen gegenüber etwaigen Veränderungen. Sie war nicht übermäßig schmerzempfindlich, als hätte sie bereits mehrere Tattoos, er konnte aber offensichtlich keine an ihr entdecken und wie wir wissen hatte sie auch nur das Eine. Dr. Stohlberg hat auch keinerlei Hinweise auf eine Laserentfernung von alten Tattoos finden können. Lediglich eine kleine zirka fünf Quadratzentimeter große Narbe am linken Knöchel außen konnte festgestellt werden, welche mindestens zwei Jahre alt zu sein scheint. Wodurch sie entstanden ist und ob hier einmal in winzig kleines Tattoo darunter lag, kann er nicht sagen, da das Narbengewebe auch deutlich in die Tiefe reicht." Sie sprach in einer extremen Geschwindigkeit, kaum dass sie Luft holte, nur ab und an, wenn sie stotterte vor Nervosität.

Kommissar Jopetho war immer noch unzufrieden. Er hatte sich mehr erhofft.

„Ich weiß auch nicht ob die Befragung der Bandmitglieder viel ergibt.", versuchte sie weiter, und erntete dafür einen sehr unfreundlichen Blick. Trotzdem sprach sie stockend weiter „…die Band kommt aus Wien und hatte ihre letzte Tournee vor über einem Jahr, wobei sie dabei Stopps in Zürich, Berlin, Hamburg, München, Prag und Budapest hatten. Damit endete die Tournee vor etwa vier Monaten in Budapest. In London waren sie nicht. Und in Köln, wo die Dame herkommt, auch nicht. Ms. Worms war vor einem halben Jahr in London zu Besuch, scheinbar als Touristin. Bei diesem Aufenthalt entstand auch das Tattoo. Ich konnte keinen Hinweis finden, dass sie Karten für eines der Konzerte der Band erworben hatte. Auch keine Reiseunterlagen zu einer der genannten Tourstädte konnte ich finden.

Die Daten der einzelnen Bandmitglieder sind großteils ausständig, ich hoffe, dass wir von den Wiener Kollegen noch die Kontaktdaten aller erhalten und so vielleicht eine Verbindung zwischen einem von ihnen und Ms. Worms erhalten. Ansonsten werden die Vernehmungen denke ich schwer werden und im Sand verlaufen". Sie holte Luft und wollte weitersprechen, da unterbrach sie Jopetho.

„Sind sie neuerdings auch Ermittlerin?" Er schien sehr verärgert.

„Ich denke nicht. Daher überlassen sie die Einschätzung, ob eine

Vernehmung sinnvoll sein wird oder nicht, vielleicht doch lieber den Profis!"

Damit zerknüllte er die Papierserviette, warf sie achtlos in den Mülleimer und ging davon. Es begann zu tröpfeln und Anjia blieb alleine und totunglücklich im Regen stehen.

Kapitel 6:

Jopetho ging zurück zum Kommissariat, sah auf die Uhr und erkannte, dass es bereits nach sieben war. Er zögerte kurz, zuckte dann aber mit den Schultern und fing an nach dem Schlüssel zu seinem Fahrradschloss zu kramen. Dann zog er das Fahrrad vom Ständer weg und fuhr sofort los. Den Abendverkehr ausgeblendet durch seine Gedanken fuhr er in Richtung seiner Wohnung.

Ihn beschäftigte immer noch die Frage, warum genau *er* zum Tatort gerufen wurde. Und er wusste, dass das die anderen genauso interessierte und sie nur zu feige waren es anzusprechen.

Bei einer roten Ampel blieb er stehen. Rechts ginge es nach Hause. Links… nun dann würde der Weg raus aus der Stadt führen. Er grübelte. Der Tatort war knappe zwanzig Minuten mit dem Fahrrad entfernt und es begann gerade zu regnen. Doch es gab nichts was ihn zuhause erwarten würde....

Hinter ihm hupte ein Auto „Fahr weiter!"

Jopetho hob aus seinen Gedanken gerissen die linke Hand als Entschuldigung, warf dem Autofahrer einen abwertenden Blick über die Schulter zu und bog dann… links ab.

Er wusste nicht wirklich, was er sich davon erhoffte nochmal am Tatort zu sein. Vielleicht einfach einen einzigen klaren Gedanken zu finden, nachdem das alles für ihn keinen Sinn machte.

Als er ankam war es bereits ziemlich dunkel geworden, doch das
störte ihn nicht. Er hatte sowieso nicht die Erwartung etwas zu
finden was die Spurensicherung übersehen hätte. Der kleine
Platz an Rande des Parks war leer. Keine Menschenseele war da.
Ihm kamen die Bilder der Leiche wieder in den Kopf und ein
kalter Schauer lief ihm den Rücken herab. Er hatte den absurden
Anblick noch immer nicht ganz verarbeitet, wo er doch schon zu
so vielen Tatorten gerufen wurde. Doch dieser Fall war speziell.
Nicht zuletzt aufgrund der Art und Weise wie er zum Tatort
gerufen wurde. Oder noch besser – von wem?
Nach einigen Minuten, die er durch den leeren Park spazierte,
wurde ihm dann doch etwas unheimlich. Da vibrierte auf einmal
sein Handy in der Hosentasche.
Er blieb abrupt stehen.
In dem Moment als er stehen blieb, hörte er, dass da noch
jemand war. Hinter ihm. Jemand war zur selben Zeit wie er

stehen geblieben. Nur einen Augenblick nach ihm. Er zögerte. Nach wenigen Sekunden entschloss er sich so zu tun, als hätte er seinen Verfolger nicht bemerkt. Langsam nahm er sein Handy aus der Hosentasche und las die Nachricht. Die SMS kam von Anija. Was zur Hölle wollte sie jetzt noch? Aber das war im Moment auch zweitrangig. Er tat so als würde er eine Antwort tippen, wählte jedoch in Wahrheit die Telefonnummer des Kommissariats. Nichts bewegte sich.

Oder hatte er sich doch geirrt? Das wäre dann ein sehr paranoider Anruf, der für Gesprächsstoff in den nächsten Mittagspausen sorgen würde: *Jopetho fährt zu Tatort, bekommt Angst und ruft die Kripo....*

Nein. Er musste sich zumindest absichern, dass da wirklich jemand war. Vielleicht war es nur ein Vogel? Ein Eichkätzchen? Er wusste, dass das nicht stimmte…

Er stand noch einen Moment bewegungslos da, dann atmete er tief ein und drehte sich blitzschnell um, den Daumen an der Hörertaste seines Mobiltelefons.

Ihm stockte der Atem als er die Umrisse eines schwarz gekleideten Mannes, nur wenige Meter hinter sich erkannte…

Kapitel 7:

Ein wenig wie bei Agatha Christie dachte er noch kurz. Dann griff er in seine Jacke um seine Webley-Revolver herauszuholen. Sein gegenüber blieb sofort stehen. Und hob die Hände:

„Ich bin unbewaffnet!"

„Ich nicht! Wer sind sie? Warum verfolgen sie mich?"

„Ich habe die Tote gekannt. Sie war unser Groupie. Ich bin der Bassist der Beastfinder".

Jopetho ließ die Hand am Webley und zeigte zu einer Lichtung die etwas heller war, in der Hoffnung das Gesicht dort erkennen zu können.

„Warum verfolgen sie mich?", wiederholte Jopetho seine Frage, dort angekommen.

„Ich wollte wissen wo sie gestorben ist und kam hier vorbei."

„Aber genauer hat die Zeitung den Fundort nicht beschrieben, also suchte ich hier…. Wo starb sie? Können Sie mir das zeigen?"

„Sie ist nicht gestorben! Sie wurde umgebracht. Und ich finde den Täter"

„Aha…kannten Sie sie auch?"

„Nein! Ich bin der ermittelnde Kommissar. Und ich verhafte Sie jetzt mal…"

„Wie bitte?"

„Sie sind verhaftet!"

Nun erhob Jopetho den Revolver ein wenig, aber ohne dabei schon auf seine Brust zu zielen, …er wollte aber keine Zweifel an seiner Absicht aufkommen lassen. Er wusste das der Fundort in keiner Zeitung auf diese Gegend entlang der langen Straße hinwies. Und überhaupt, was macht der Typ heute da, zufällig wenn auch er grad da war…?

„Drehen sie sich um".

Darauf legte er dem Mann Handschellen an. Erst jetzt verständigte er seine Kollegen und steckte seine Waffe weg.

Dann warteten sie, gefühlt endlos.

„Sind Sie alleine hier gewesen? Wissen sie noch etwas konkretes vom Mord an ihrem Groupie und wenn ja von wem?" Aber jetzt sprach der Bassist nicht mehr, außer:

„Ich war das nicht, …sie haben kein Recht mit festzuhalten nur weil ich hier im Wald war".

„Doch, habe ich! Ich bin nämlich das Recht!"

Dann warteten die beiden schweigend bis der Streifenwagen mit Blaulicht sie abholte, auf zum Kommissariat.

Dort wartete die hübsche Anija im Verhörzimmer schon, die sich wunderte unter welchem Rechtstitel der Bassist wohl verhaftet wurde. Sie war von der Leitstelle informiert worden. Aber Jopetho hielt sich mit solchen rechtlichen Kleinigkeiten nicht auf.

Anja legte einen Zettel vor Jopetho hin, der gerade sein Verhör beginnen wollte… „Was ist das?" raunte er.

„Ein Liedertext der letzten Single der Beastfinder, den die Tote laut Cover „beigesteuert" hat…flüsterte sie ihm ins Ohr.

I'm a girl of constant sorrow
in my life theres no tomorrow
when i`m lying dead on the floor
there is no pain anymore...

Jopetho blickte sie kurz an..."naja Selbstmord hat sie aber nicht begangen. Dann wandte er sich dem Bassisten zu!
Und er ertappte sich dabei, dass ihm Anija zu gefallen begann!

Kapitel 8

„Mr. Klein, Sie behaupten also, dass Ms. Worm Ihr Groupie war? Wie und wo haben Sie die Dame denn kennen gelernt?"
Jopetho musterte den vor ihm sitzenden Mann. Er hatte kurzes mittelbraunes Haar, einen stoppeligen Drei-Tages-Bart, walnussbraune Augen mit bernsteinfarbenen Sprenkeln um die Pupillen und einen Ohrring durch das rechte Ohrläppchen. Sein schlaksiger Körper steckte in einer ausgeblichenen und zerrissenen Jeans, einem schwarzen Tank-Top und einem zerknitterten rot-kariertem Flanellhemd.
„Ich behaupte es nicht, so war es. Und nennen sie mich ruhig bei meinem Künstlernamen – Johnny B!
Sie dürfte schon auf ein paar Konzerten gewesen sein, aber wirklich wahrgenommen haben wir sie vor ca. eineinhalb Jahren in Hamburg. Wir waren dort auf Tournee. Und wie an jedem Tournee-Stop haben wir auch dort Tickets für Fan-Treffen, also diese Meet and Greet verlost. Ich glaube das lief damals über einen Radiosender, so genau weiß ich das gar nicht mehr. Pro Stadt gab es normalerweise etwa zehn solcher Tickets zu gewinnen. Fans konnten so fünfzehn Minuten alleine mit uns – also der gesamten Band, unserem Manager und einem Bodyguard – verbringen und uns alle möglichen Fragen stellen und Fotos machen.
Ich kann diese Treffen ja so gar nicht leiden, …Sie können sich ja gar nicht vorstellen, was für unverschämte und bescheuerte Fragen diese verrückten Fans stellen." Johnny schnaubte verächtlich. „Aber unser Manager meint, diese Treffen sind *ach so wichtig* für unser Image und für gute Publicity."

„Das heißt, Ms Worms war auch bei so einem Meet and Greet. Wie ging es dann weiter, Mr. Klein?".

„Johnny B.! Ja genau. Sie war eine der Hübscheren, deshalb kann ich mich recht gut an sie erinnern. Und sie hat kaum Fragen gestellt, sie schien sehr nervös und es hatte ihr wohl die Sprache verschlagen." Johnny grinste hämisch. „Danach haben wir sie noch in Berlin, München und Prag getroffen. Hier war sie bei allen möglichen Fan-Events. Unser Gitarrist Billy hatte ein Auge auf sie geworfen. Ich glaub er hat sie auch mal mit aufs Zimmer genommen, aber er hat nie genauer darüber gesprochen. Das war auf unserem letzten Tour-Stop in Budapest vor ein paar Monaten. Nach dem Abend hat sie keiner von uns mehr gesehen. Vermutlich hat Billy ihr das Herz gebrochen, er ist ein Frauenheld und die jungen Dinger sind so naiv und malen sich nach einer Nacht schon alle möglichen Hochzeitspläne aus." Er rollte theatralisch mit den Augen. „Und wie kam es dann dazu, dass sie an einem Ihrer Songtexte mitgewirkt hat?" Jopetho wurde langsam ungeduldig. Er hatte das Gefühl, dass ihm etwas verheimlicht wurde. Aber er würde diesen Musiker schon noch knacken.

„Billy kam auf einmal mit der Textzeile an. Er meinte nur er wäre inspiriert worden, das war nach der besagten fraglichen Nacht. Scheinbar dürfte die Kleine zumindest mehr Eindruck auf ihn gemacht haben als so manch andere. Uns war das egal, wir fanden den Text gut. Woher er stammt, ist dabei ja wohl nebensächlich." Johnny lehnte sich lässig auf dem Stuhl im Vernehmungszimmer zurück und betrachtete seine Fingernägel. „Und nach der Party und dem Abend haben Sie Ms. Worm nicht noch einmal angetroffen? Wie haben Sie von Ihrem Tod erfahren? In den Medien wurde kein Name genannt." Jopetho blickte ihm triumphierend in die Augen und versuchte den Bassisten mit seinem starren Blick zu verunsichern.

„Nein, ich habe sie nicht noch einmal gesehen. Ich habe in den Nachrichten von einem geheimnisvollen Todesfall gehört, der wohl mit unserer Band zu tun hatte. Ich konnte mir dies kaum vorstellen und wenn das stimmte, wollten wir natürlich unbedingt mehr erfahren. Stellen sie sich die Publicity vor, die wir dadurch erhalten. Unser Manager ist ganz aus dem Häuschen. Vielleicht können wir uns so auch das ein oder andere Meet and Greet endlich einmal ersparen." Sein Lächeln wurde breiter.

„Eine junge Frau ist auf brutale Weise ermordet worden, und Sie freuen sich über die gute Publicity?" Es war das erste Mal, dass Anija das Wort ergriff. In Ihrem Blick spiegelte sich Fassungslosigkeit und Abscheu. Johnny schien den Unterton nicht einmal zu bemerken. „Naja, wir haben mit ihrem Tod ja nichts zu tun, und auch wenn es natürlich schrecklich ist, was der Frau passiert ist, so kann man es nicht ändern. Also warum nicht das Beste daraus machen. Ich mein, sie war ja immerhin einer unserer Fans, sie hätte es bestimmt so gewollt". Er schien dies wirklich ernst zu meinen. Anija wurde beinahe übel. Sie wollte schon etwas erwidern, da spürte sie den Blick von Kommissar Jopetho auf ihr ruhen und sie klappte den gerade geöffneten Mund lautlos wieder zu.

„Sie haben meine Frage noch nicht beantwortet." fuhr der Kommissar das Verhör fort. „Wie haben Sie erfahren, dass es sich bei der Toten um Ms. Worms handelt?" Zum ersten Mal rutschte der Musiker unruhig auf seinem Stuhl hin und her und schien verlegen zu wirken. Er setzte schon zu einer Antwort an, als es plötzlich an der Tür klopfte.

Jopetho fluchte leise und stand auf. Er verließ den Raum, nur um eine Minute später erneut einzutreten. „Ihr Anwalt ist hier. Er hat uns mitgeteilt, dass Sie sich nun nicht weiter mit uns unterhalten werden und er sich mit Ihnen beraten wird. Haben Sie uns noch etwas zu sagen?" Jopetho war stinksauer. Er hatte den Clown fast. Und dann musste dieser Anzugträger und der Manager der Band auftauchen. Der Musiker schien erleichtert und schüttelte nur den Kopf. „Ms. Manicova, bitte folgen Sie mir." Damit verließ er den Raum. Anija bemühte sich, ihm schnell zu folgen, sie hielt es ohnehin nicht viel länger mit diesem furchtbaren Bassisten in einem Raum aus.

Kapitel 9:

Anija atmete einmal tief ein und aus und wandte sich, nachdem die Türe aus dem Verhörraum hinter ihnen zugegangen war, Jopetho zu: „Also wirklich schlau werden wir aus dem Typen ja nicht. Und jetzt, wo sein Anwalt mit ins Spiel kommt…"
„Ihre SMS und die Songtext-Info hat wohl nicht unwesentlich dazu beigetragen den Mann zumindest festzuhalten." fiel ihr Jopetho ins Wort.
Anija verstummte und wurde leicht rot.
„Das ist die erste heiße Spur seit Beginn der Ermittlungen" fuhr Jopetho fort.
Anija kaute auf ihrer Unterlippe rum und wusste nicht so recht was sie sagen sollte. Sie hatte Jopetho eine SMS geschickt in der sie sich für das Essen bedankt hatte, dessen Rechnung er zuvor für Sie beide übernommen hatte. Einerseits verlangten es ihre guten Manieren von ihr ab, andererseits hatte sie der SMS auch noch den Zusatz angefügt, dass sie die Zusammenarbeit und auch die gemeinsame Zeit sehr schätzen würde. Das war ihr nach dem Versenden der Nachricht fast etwas unangenehm und sie hatte Angst er würde etwas in den falschen Hals bekommen…

Jopetho hatte sich in sein Büro zurückgezogen. Er musste seine Gedanken ordnen und hatte die Anweisung erteilt, dass er nicht gestört werden wolle.
„*I'm a girl of constant sorrow…*" Jopetho las zum wiederholten Male die Zeilen des Songtextes. Die Stunden vergingen und der Knoten in seinen Gedanken zog sich immer enger zusammen.
„*In my life theres no tomorrow…*".

„Das macht doch alles keinen Sinn…" murmelte er in sich hinein. Er blinzelte mit seinen Augen um etwas wacher zu werden und blickte dann auf die Wanduhr über der Bürotür. Schon wieder fast neun Uhr abends.

Er klappte die Unterlagen zu und stand auf. Seine Kniegelenke und sein Rücken knacksten vom langen Sitzen. Erst jetzt bemerkte er auch, wie hungrig er eigentlich war. Er beschloss am Heimweg mit dem Rad beim Imbissstand einen Halt zu machen.

Dreißig Minuten später kam er mit einem duftversprühenden Kebab in der Hand bei seiner Wohnung an. Er schloss die Haustüre auf und trat in die Wohnung.

Als er seine Schlüssel ablegte und das Licht aufdrehte sah er rote Tropfen auf seinem Parkettboden. Sofort erkannte er, dass es Blutstropfen waren. Die Ränder bereits leicht eingetrocknet.

Er stellte das Essen ab und griff wieder zu seiner Webley. Die Arme mit der Waffe nach vorne gerichtet schlich er in Richtung Wohnzimmer.

Er bewegte sich leise und schnell durch die Wohnung. Nichts war zu hören. Er drehte sich blitzschnell in Richtung Wohnzimmer und drehte das Licht auf.

Nichts.

Leise bewegte er sich weiter in Richtung Schlafzimmer. Wieder machte er eine schnelle Bewegung mit der Waffe in der einen Hand voraus und der anderen Hand zum Lichtschalter des Raumes. Er unterdrückte ein aufbrüllen, riss die Augen auf und seine Waffe fiel im aus der Hand.

In der Mitte des Raumes, auf dem großen Doppelbett, lag sie. Die roten Haare gestylt und verklebt im eigenen Blut. Die Beine überkreuzt und die Augen geschlossen.

Anija.

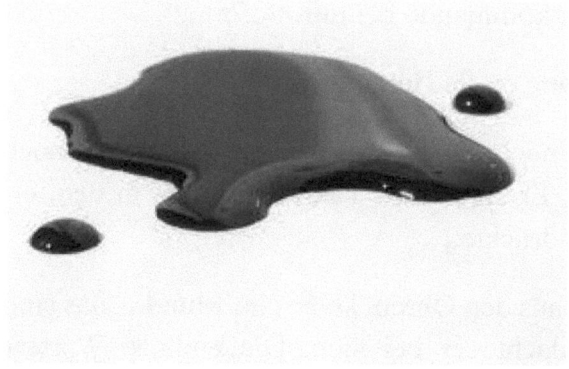

Kapitel 10:

Er vergaß den Notruf zu wählen. Er vergaß, sich weiter umzusehen, wer noch da sein könnte. Er stürzte auf sie zu und griff ihr an den Hals. Puls? Atem? Wo war die Wunde?

Er drehte sie zu Seite und sah, dass sie einen Schlag auf den Kopf bekommen hatte. Aber der Schädel war nicht eingeschlagen, vielleicht nur eine Platzwunde? Puls? Sie hatte keinen.

Jetzt rief er den Notruf an. "Ich brauche sofort den Notarzt, und das Einsatzkommando bei mir. Sofort..."

Dann begann er die Herzmassage.

„Du bist noch nicht tot, Anija, ...du lebst noch... komm zurück..." Er sprach im Takt, denselben in dem er ihre Brust zusammendrückte.

Kein Blut aus den Ohren, keines im Mund... das sind doch gute Zeichen, dachte er bei sich. Die endlose Wartezeit dauerte eigentlich nur sechs Minuten. Dann stürmte eine Gruppe des Einsatzkommandos mit gezogenen Waffen im Anschlag in seine Wohnung. Erneut vergingen zwei Minuten. Jetzt löste ihn der Notarzt ab. „Lassen sie mich her!" fuhr er ihn an. Der Sanitäter neben ihm packte den Defibrillator aus.

Jopetho war in einem bösen Film gelandet. In seiner Wohnung... wieso seine Wohnung? Wieso Anja? Was geht hier vor sich? Er wusste nicht, wie oft der Notarzt versuchte, sie zurück zu holen... er ließ sie keine Sekunde aus den Augen und plötzlich merkte er, dass er leise betete: "Lass sie leben, lieber Gott. Bitte lass sie leben."

Doch Gott war taub. Der Gott, dessen Existenz er ohnehin anzweifelte... jetzt, war er sich sicher. So einen lieben Gott gab es nicht. Er setzte sich in der Küche und aß sein Kebab, kalt. Im Rest der Wohnung nahmen sie Fingerabdrücke, suchten Spuren, fotografierten alles. Dann wurde Anja abgeholt, wie von zwei Speditionsarbeitern.

Als sein Chef reinkam und „Mahlzeit" sagte, wusste er, dass er den Fall abgeben musste. Er war jetzt zu involviert, zu befangen. *Vielleicht sogar verdächtig? Aber egal, ich werde diesen Arsch suchen und finden, und dann...*

„Sie sind suspendiert! Nicht als Verdächtiger, sondern als Zeuge, bitte verstehen Sie mich. Ich muss Sie aus dem Fall abziehen. Ihre Dienstwaffe, Jopetho!"

Um zwei Uhr morgens legte er sich auf die Couch. Endlich waren sie alle weg. Anija wohl im Leichenschauhaus. Aber er schlief nicht. Er begann im Kopf sich auf seine eigenen Ermittlungen vorzubereiten.

Kapitel 11:

Der Wecker läutete schrill aus dem Schlafzimmer herüber. Jopetho fühlte sich wie gerädert. Er hatte kein Auge zubekommen, konnte aber auch keinen einzigen klaren Gedanken fassen.

Langsam und steif erhob er sich und schlurfte ins Schlafzimmer. Er versuchte nicht auf sein Bett zu schauen, sondern begab sich direkt und mit starrem Blick zu seinem Nachttisch und schaltete den Wecker aus. Unwillkürlich schaute er doch aufs Bett. Die Laken waren zerwühlt, vereinzelt konnte er Blutspritzer erkennen. Die Spurensicherung hatte noch überall ihre Markierungshütchen mit den aufeinanderfolgenden Ziffern stehen gelassen. Ein Absperrband war einmal um das Bett und einmal vor der Schlafzimmertür aufgespannt worden. Er konnte sich gar nicht mehr erinnern, gerade noch darunter durchgeschlüpft zu sein.

Er programmierte den Wecker um, sodass er vorerst zum Schweigen gebracht wurde.

Zum Schweigen gebracht... dachte er. War es das, was mit Anja passiert war? Hatte sie noch etwas herausgefunden? Kam sie dem Täter zu nahe? Er nahm sich vor, sich noch heute all ihre Unterlagen und Aufzeichnungen durchzuschauen. Wenn er an diese herankam. Es könnte schwer werden, denn vermutlich kamen auch seine Kollegen auf diesen Gedanken. Er nahm sich auch vor, ihre Wohnung aufzusuchen, um dort nach Hinweisen zu suchen. Wo wohnte sie eigentlich? Er wusste nicht einmal das Viertel. Erst jetzt bemerkte er, wie wenig er die junge Frau eigentlich kannte. Gekannt hatte. Und ein weiterer Gedanke kam ihm „*woher wusste der Täter wo er – Jopetho – wohnte?* " Es stand natürlich in seiner Dienstakte, aber sonst? Kaum jemand von der Arbeit wusste es, Anja ganz bestimmt nicht. Daher konnte sie es dem Täter nicht verraten haben. Und er konnte bei dem kurzen Blick auf sie auch keine Folterspuren erkennen. Noch ein Rätsel, welches er so schnell wie möglich lösen musste.

Wenn der Täter wusste wo er wohnt, wusste er dann auch genau über die Familien und Wohnorte der anderen ermittelnden Kollegen Bescheid? Es mussten unbedingt Zivilstreifen zur Überwachung und zum Schutz abgestellt werden. Daran dachten seine Kollegen, die nicht von dem Fall abgezogen wurden hoffentlich auch. Er würde sie sicherheitshalber noch einmal anrufen. Und seine Eltern. Vielleicht konnte er sie dazu bringen, endlich die Reise nach Spanien zu machen, die sie schon so lange aufschoben. Dort würde ihnen der Täter ja wohl nicht nachfolgen. Oder doch?

***

Es war kalt und feucht in dem Raum. Und dunkel. Irgendwo aus der rechten Ecke – falls dort wirklich eine Ecke war – tropfte in einem langsamen und steten Rhythmus Wasser auf den Boden. War es denn auch Wasser? Eine Gänsehaut überlief kalt ihren Rücken. Ihr Kopf schmerzte. Sie fühlte immer noch ein dumpfes stetes Pochen, welches von ihrer linken Schläfe auszugehen schien. Bei der kleinsten Bewegung raschelten schwere kalte Handschellen an ihren Armen. Eine dicke eiserne Kette hing daran und führte weg von ihr. Wohin konnte sie nicht sagen. Die

Fesseln scheuerten bereits jetzt ihre Handgelenke wund. Vermutlich würde sie schon bald ganz offen sein und dies würde unweigerlich zu dicken und hässlichen Narben führen. Wie lange war sie schon hier? Und wo genau war *hier*? Sie konnte sich nicht daran erinnern, was passiert war. Das letzte was sie wusste war, dass sie sich am Heimweg von der Arbeit befunden hatte. Auf dem Weg nach Hause zu ihrer Schwester. Sie hasste die Besuche bei ihrer Schwester. Ihre perfekte Schwester. Ihre Mutter hatte keinen Hehl daraus gemacht, wer die Lieblingstochter war. Ihre Schwester Irina war schön, erfolgreich und immer in allem besser gewesen. Zumindest in den Augen ihrer Mutter. Sie war die perfekte Tochter, die bessere der beiden Zwillinge. Vielleicht war es auch nur der Umstand, dass ihre Mutter keine Zwillinge haben wollte. Unter keinen Umständen. Und obwohl sie eineiige Zwillinge waren, so hatte Anija doch das Gefühl, dass sie sich so gar nicht ähnlich sahen. Sie war das hässliche Entlein im Vergleich zu ihrer Schwester. Irina hatte dies zwar nie gegen Anija ausgespielt, aber trotzdem hatten die Besuche bei ihr immer einen fahlen Beigeschmack für Anija. Es erinnerte sie zu sehr an ihre Kindheit. An ihre Unzulänglichkeit.

Sie erinnerte sich noch daran, dass sie mit Irina telefoniert hatte. „Ich bin am Weg, in zehn Minuten sollte ich zu Hause sein. Sollen wir uns etwas zu Essen bestellen? … Ah du hast gekocht, das wäre nicht nötig gewesen. Na gut, dann bis gleich." Natürlich hatte sie gekocht. Sie arbeitete den ganzen Tag und hatte dann noch die Zeit und Kraft, ein tolles Dinner vorzubereiten. Anija hatte plötzlich keinen Hunger mehr. Sie brauchte noch dreizehn Minuten, bis sie vor der Haustür stand.

Sie sperrte die Eingangstür mit ihrem Schlüssel auf und betrat die Wohnung.

Danach konnte sie sich an nichts mehr erinnern. Bis sie hier in dieser dunklen und kalten Räumlichkeit aufgewacht war. War es denn ein Raum? Oder eine Höhle? Wo zur Hölle war sie? Und wie kam sie hier her? Und was war mit Irina?

Plötzlich bekam sie es mit der Angst zu tun. Konnte das alles mit dem Fall zu tun haben? War Irina in Gefahr? War sie selbst in Gefahr?

Sie überlegte ob sie laut um Hilfe schreien sollte. Aber was, wenn nur ihr Entführer sie hören konnte. Besser er dachte sie schläft noch. War es ein *er*? Ja da war sie sich aus irgendeinem unerfindlichen Grund sicher. Vielleicht weibliche Intuition. Und da kam ihr noch ein Gefühl. Sie konnte es nicht erklären aber es war, als würde sich eine kalte steinerne Hand um ihr Herz legen und es zerdrücken. Eine heiße Träne lief ihr über die Wange und nur ein Wort schwebte in ihren Gedanken:

„Irina!"

Kapitel 12:

Jopetho fuhr mit dem Fahrrad zum Kommissariat. Er war zwar suspendiert, aber es war kein Verbrechen zum Gebäude zu fahren dachte er sich, auch wenn er ins Gebäude selbst nicht hineindurfte. Er musste sich eingestehen... er wusste nicht was er sonst tun und wo er mit seinen Ermittlungen ansetzen sollte.

Nach einem kleinen Anstieg merkte er wie sein Atem lauter wurde. Er musste dringend mal seine Ernährung umstellen!

Er beschloss sein Fahrrad diesmal beim Hintereingang abzustellen, wo es keinem auffallen würde. Das Gebäude war an der Vorderseite vor wenigen Jahren saniert worden. Zumindest oberflächlich. Also die Fassade. Die Rückseite hat man damals nicht angegriffen, da sie an einer wenig befahrenen Straße liegt und für das Erscheinungsbild des Gebäudes eine geringe Rolle spielte. Der Putz auf dieser Seite des Gebäudes bröckelte bereits zum Teil ab und das Ziegelmauerwerk kam an einigen Stellen zum Vorschein. Doch im Gesamterscheinungsbild mit den anderen Gebäuden in dieser Straße, hätte es auch keinen Sinn gemacht diese Seite zu sanieren. Die Nachbarwohnungen waren ebenso in die Jahre gekommen und zum Teil wurden diese nur noch als Lagerhallen genutzt oder standen komplett leer. Jopetho konnte sich nicht vorstellen, dass hinter diesen unisolierten feuchten Mauerwerken noch Menschen wohnen konnten.

Er suchte nach einem geeigneten Geländer, an dem er sein Fahrrad anhängen könnte, da ihm dieser Hintereingang nach allem anderen als einem sicheren Platz erschien, um ein Fahrrad

36

ohne Schloss abzustellen. Auch wenn es sich ja eigentlich um ein Kommissariat handelte, was von dieser Seite aus aber schwer zu erkennen war…

Fündig wurde er bei einem kleinen Treppenabgang. Beim näher kommen bemerkte er ein monotones Brummen. Das dürfte wohl die alte Heizung sein, die da unten im Keller läuft und versucht dieses alte unisolierte Gebäude irgendwo zwischen den gewünschten neunzehn und einundzwanzig Grad Celsius Raumtemperatur zu halten, was an eine physikalische Höchstleistung grenzt und umwelttechnisch sehr fragwürdig sein mag... Aber diese Gedanken kamen ihm nur kurz und wurden dann vom Anblick eines Mannes abgelöst, der schwarz bekleidet um die Ecke kam. Es war Thomas, der Assistent des Gerichtsmediziners Dr. Stohlberg, der damals gemeinsam mit allen anderen im Besprechungsraum gesessen hatte, als Anija zum gemeinsamen Termin geladen hatte. *Anija…* beim Gedanken an sie zog sich seine Brust schmerzend zusammen.

„Guten Tag Thomas" sagte er als dieser Jopetho ansah und abrupt stehen geblieben war. Thomas war immer schon ein schräger Typ gewesen. Aber als *verdammt schlau* hatte man ihn Jopetho immer beschrieben.

„Kommissar Jopetho… Was machen sie hier?" fuhr Thomas immer noch wie angewurzelt stehend fort und wirkte überrascht. Das wundere Jopetho auch nicht, da er ja eigentlich suspendiert war und nicht hier sein sollte.

„Sightseeing" sagte er trocken und ohne die Mundwinkel zu verziehen. Nun kam Thomas schnell auf ihn zu, und stellte sich zwischen den Stiegenabgang und Jopetho. „Sie sollten nicht hier sein". Der Tonfall von Thomas, dem sonst schüchternen Assistenten, überraschte Jopetho und auch was er sagte gefiel ihm nicht. „Das ist hier doch wohl nicht dein Fahrradabstellplatz den ich hier belege Thomas? Pass auf deine Tonwahl auf."

„Sonst was?" fuhr Thomas fort „Sie sind Verdächtiger und dürften hier nicht sein... Man könnte noch glauben sie wollen die Ermittlungen manipulieren?"

„Was weißt du schon vom Verbrecher jagen? Bleib du mal lieber im Keller bei deinen Toten.".

Beim Wort *Keller* zuckte Thomas zusammen. Immer noch wie verwurzelt stehend.

Jopetho entspannte sich, auch wenn Thomas Verhalten ihm sehr merkwürdig erschien „Passt. Ich genieße jetzt meine neu gewonnen Freizeit und hol mir einen Kaffee und Kuchen. Ich hoffe das macht mich nicht zum neuen Hauptverdächtigen." ... *Ernährung umstellen kann ich ja dann morgen auch noch*, dachte er sich... „Viel Freude bei den Ermittlungen gegen mich" sagte er abwertend und machte sich am Weg zu seinem Lieblings-Kaffeehaus.

Kapitel 13

„Wie immer?" fragte die Kellnerin noch bevor er saß.

„Ja, nur den Kuchen ohne Schlag, bin auf Diät!"

Die Kellnerin blickte ihn ungläubig an, sagte aber nichts.

Er blätterte lustlos in der Zeitung, ohne mehr als die Überschriften zu lesen und wartete auf seinen ersten Kaffee. Normalerweise trank er zwei.

Fassen wir zusammen, redete er in Gedanken mit sich selbst.

Jemand kennt meine Nummer, ruft mich an und bestellt mich zum ersten Mordopfer, das aber wo anders starb. Das ist zumindest sehr aufwendig. Er richtet sie dekorativ her, der Perversling! Nun finden sie Anija tot in meiner Wohnung, die der Täter offensichtlich auch kennt.

Die Opfer kennen sich nicht, haben nichts gemein, außer dass sie fesch sind... also waren.

Und die Band Beastfinder kannte jedenfalls das erste Opfer, als Groupie. Anija kannte der Bassist dann nur vom Verhör, das muss nichts heißen.

Er bestellte den obligatorischen zweiten Kaffee und stocherte nervös im Schoko Kuchen herum.

„Es ging immer nur gegen mich!" platze es aus ihm heraus.

„Wie bitte?" erwiderte die Kellnerin, die gerade neben dem Nachbartisch stand. „Nichts, gar nichts, danke". er drückte ihr einen Geldschein in die Hand und verließ das Kaffee.

Der Täter will MICH fertig machen. Aber nicht einfach umbringen, sondern mir die Arbeit als Kommissar unmöglich machen. Mich sogar als Verdächtiger, als Täter, Mörder darstellen! Es ist wohl einer aus meinem Umfeld der mich nicht so wirklich mag... sinnierte er vor sich her.

Plötzlich hatte er einen neuen Ansatz. *Ich muss wissen ob Anja auch vor Ort, also bei mir in der Wohnung starb, oder ebenfalls schon tot hingebracht wurde! Das spräche dann mit großer Wahrscheinlichkeit für denselben Täter aber genau diesen Befund kannte er nicht. Den hat sicher Thomas gemacht. Aber so wie der drauf ist, gibt er mir den nicht.*

Sein Fahrrad lehnte immer noch am Ständer, das Schloss aber lag offen daneben. „Shit happens" fluchte er kurz. Sicher hatte einer der Kollegen sein Rad erkannt und den dreistelligen Code geknackt.

Vor ihm tauchte nochmals das Bild auf. Anja lag mit blutigem Kopf in seinem Zimmer...

Irgendctwas passt in dem Bild nicht, aber er hatte es nicht bemerkt, nur gefühlt. Irgendwas stimmte da nicht! Noch bevor er wegradelte wusste er: Er muss hier suchen, hier im Amt. Er hatte was übersehen, dass man vielleicht in den Akten finden konnte. Er beschloss - trotz Suspendierung - ins Amt zu gehen, nämlich dann, wenn die anderen nicht da sind! Schlüssel hatte er ja noch alle.

Kapitel 14:

Es war bereits nach Mitternacht als Jopetho wieder beim Kommissariat eintraf. Der Erfahrung nach, welche er über die Jahre bei den unzähligen nächtlichen Überstunden gesammelt hatte, war um diese Uhrzeit nur noch der Portier im Haus. Und der schlief die meiste Zeit. Jopetho war zu Fuß gekommen, er wollte nicht, dass jemand sein Fahrrad erkannte. Er versuchte so unauffällig wie möglich zum Hintereingang zu gelangen und holte seinen Schlüsselbund hervor.

Das Schloss klickte leise, als es zurücksprang und er öffnete die Türe, wobei diese ein leises ächzen von sich gab. Schnell huschte er durch einen dünnen Spalt ins Innere und verschloss die Türe vorsichtig hinter sich.

Die Gänge waren dunkel und leer. Nur die kleinen matt beleuchteten Lampen, welche auch nachts nie ausgeschaltet wurden, brannten noch und tauchten den Gang vor ihm in ein schwaches Licht. Auf leisen Sohlen schlich er sich zum Archiv. Dort gab es neben all den Fallakten auch einen separaten Raum, in welchem die Akten der Mitarbeiter des Kommissariats aufgewahrt wurden. Nur sehr wenige hatten einen Schlüssel für diesen Raum, und Kommissar Jopetho war einer davon.

Auch hier schloss sein Schlüssel noch ohne Probleme die Tür auf. Es hätte wohl auch niemand damit gerechnet, dass er nachts hier einbrechen würde. War es denn überhaupt ein Einbruch? Er entschied sich, besser nicht über diese Frage nachzudenken.

Er suchte nach Anjas und seiner Akte. Da alle Akten alphabetisch geordnet waren, fand er beide schnell. Rasch kopierte er die Akten am Drucker im Hauptarchivraum, um anschließend die Akten wieder zurückzulegen. Dabei viel ihm auf, dass scheinbar eine Seite in Anijas Akte fehlte. Jeder Polizist und jeder polizeiliche Mitarbeiter gab die Kontaktdaten der wichtigsten Familienangehörigen oder Bezugspersonen an, um im Falle eines Unfalles oder Versterbens im Dienst festgelegt zu haben, wer als erstes benachrichtigt werden sollte. Dies wurde dann in den Akten vermerkt. Und genau dieses „Kontaktformular" fehlte. *Seltsam,* dachte Jopetho.

Plötzlich hörte er Schritte am Gang. Schnell drehte er das Licht ab und verbarg sich im Schatten in einer Ecke hinter ein paar Regalen. Die Schritte wurden lauter bis jemand vor der Tür zum Archiv vorbeizugehen schien. Dann wurden die Schritte langsam wieder leiser. Der Portier schien wohl seinen nächtlichen Rundgang zu drehen. Jopetho hatte den Atem angehalten. Er blieb noch etwa zehn Minuten stehen, ohne sich zu bewegen, bis seine Glieder steif wurden.
Erst als er sich sicher war, dass niemand mehr kommen würde, schaltete er das Licht wieder ein. Dann suchte er nach der Fallakte „Beastfinder" und kopierte auch diese. Unter den Fallblättern war auch der Obduktionsbericht von Anija. Ihm lief ein Schauer über den Rücken. Scheinbar waren noch zwei Untersuchungen ausständig, der toxikologische Bericht und die Blutanalyse. Er schnaubte verächtlich. Dieser Fall sollte absolute Priorität haben, warum waren die Untersuchungen noch nicht fertig. So lange konnte es doch nicht dauern. Er hatte sich gerade von dem vollständigen Obduktionsbericht erhofft, endlich etwas Licht in diesen Fall zu bringen. Jetzt musste er vielleicht sogar nochmal hier einbrechen. *Es ist kein Einbruch,* ermahnte er sich streng, ohne es selbst zu glauben.

Vielleicht konnte er mit Dr. Stohlberg sprechen. Sie kannten sich schon lange, und auch wenn es vielleicht zu viel gesagt wäre, dass sie Freunde wären, so waren sie doch gute Kollegen, die sich stehts respektiert hatten. Ja, er würde morgen alles in Ruhe durchgehen und dann mit ihm reden.

Jopetho schlich sich leise aus dem Kommissariat und verfiel in einen schnellen Laufschritt, um so schnell wie möglich nach Hause zu kommen. Dabei bemerkte er jedoch nicht, dass eine dunkle Gestalt ebenfalls aus dem Kommissariat kam und ihn still beobachtete.

***

Anja hatte jegliches Zeitgefühl verloren. War sie erst einen Tag hier unten in der dunklen Kälte eingesperrt, oder schon eine ganze Woche? Sie konnte es nicht sagen. Ihr Entführer hatte sie nicht aufgesucht. Und niemand war gekommen um sie zu befreien. Ihre Kopfschmerzen hatten etwas nachgelassen, dafür sickerte heißes Blut aus den offenen und zum Teil bereits mit Schorf verkrusteten Wunden an ihren Handgelenken, wo die Fesseln waren.

Sie hatte keine Tränen mehr übrig. Ihr Herz war gebrochen, denn Irina war tot. Sie wusste es, auch wenn sie sich nicht erklären konnte wieso oder woher. Sie waren nie wie die typischen Zwillinge gewesen, die immer schon die Sätze des anderen beenden konnten, die wussten, wenn es einem der beiden nicht gut geht oder ein besonderes Gespür für einander hatten. Natürlich standen sie sich nahe. Anja stand Irina auch auf jeden Fall näher als ihrer Mutter, weshalb sie sie auch als Kontaktperson im Falle eines Unfalls oder ihres Sterbens angegeben hatte. Aber sie war ja nie im Außendienst tätig gewesen, daher hätte sie nie gedacht, dass dieser Kontakt jemals gebraucht werden könnte.

Ob das alles mit dem Fall zu tun hatte? Sie hatte noch lange recherchiert bevor sie sich auf den Weg zu ihrer Schwester nach Hause gemacht hatte, nachdem das Verhör des Bassisten so abrupt durch dessen Anwalt und Manager abgebrochen wurde.

Sie hatte eigentlich gehofft, dass sie den Fall aufklären konnte, als sie kurz vor dem Verhör herausgefunden hatte, dass die Band eigentlich am absteigenden Ast war und ihr Manager auch noch Spielschulden hatte. Dies hatte sie von einem befreundeten Journalisten erfahren.

Und das hatte sie Jopetho auch in der SMS geschrieben. *Jopetho... Ob er sie wohl bereits suchen lassen würde? Oder selbst nach ihr suchte?*

Sie war nach dem Verhör so aufgebracht gewesen, dass sie am Hintereingang vom Kommissariat auf und ab gelaufen war um einen klaren Kopf zu behalten. Und dabei wäre sie dann fast mit Thomas zusammengelaufen. Er war wie immer auf seinen etwas unbeholfene Art und Weise sehr freundlich und liebenswert zu ihr gewesen und sie hatte ihm von dem furchtbaren Bassisten erzählt. Thomas hing so gespannt an ihren Lippen bis sie vom Ende des Verhörs erzählte. Da war er plötzlich sehr still und in sich gekehrt gewesen, nur um danach ganz erschrocken auf die Uhr zu blicken. Er hatte gemeint er wäre schon viel zu spät dran und dass Dr. Stohlberg wieder einen Tobsuchtsanfall bekommen würde. Dann lief er eilig in das Kommissariat und zu den Aufzügen, um in den Keller zur Gerichtsmedizin zu fahren.

Anja hatte sich stattdessen in die dritte Etage in ihr Büro begeben und hatte weiter recherchiert. Denn irgendwie musste die Band oder zumindest der Bassist von dem Namen der Toten erfahren haben. Wenn er nicht sogar darin verwickelt war. Sie hatte nochmals bei dem Journalisten angerufen und dieser meinte er meldet sich sobald er etwas Neues erfahren sollte. Das tat er auch, als Anja gerade am Klo gewesen war. Er hatte ihr eine Nachricht auf den Anrufbeantworter gesprochen. Aber sie hatte sie nicht mehr abgehört, weil sie bereits auf dem Weg zu Irina war. Der Gedanke an ihre Schwester hätte ihr erneut Tränen in die Augen getrieben, wenn da noch Tränen gewesen wären. So jedoch hatte sie nur einen Kloß im Hals und ein Stechen in ihrer Brust, dort wo einmal ihr Herz gewesen war.

Anija war sich irgendwie sicher, dass ihre Entführung etwas mit dem Fall zu tun haben musste. Wer sonst sollte sie entführen? Sie hatte keine Feinde, denn sie hatte ja auch keine wirklich engen Freunde. Ihr Leben bestand hauptsächlich aus der Arbeit. Ihr fiel die Nachricht auf dem Handy wieder ein. Vielleicht hatte der Journalist wirklich etwas herausgefunden? Vielleicht wären sie so jemanden zu nahegekommen? Aber wie konnte ihr Entführer sie überhaupt finden? Wer wusste wo sie wohnte?

Plötzlich viel es ihr wie Schuppen von den Augen. Sie hatte eigentlich niemandem von Irina und ihrer „WG" erzählt, zumindest niemandem in ihrem näheren Umfeld. Woher sollte der Entführer also von ihrer Schwester gewusst haben? Nur in ihrer Dienstakte standen die genauen Kontaktdaten. *Die Dienstakte!* schoss es ihr in den Kopf. Der Täter musste Kontakte ins Kommissariat haben. *Oder war er vielleicht...?* Anija wollte den Satz nicht zu Ende denken. *War er einer von ihnen?*

Kapitel 15

Jopetho dachte nicht ans schlafen gehen. Das Adrenalin hielt ihn wach… Oder auch die drei großen Tassen Kaffee die er seit dem nach Hause kommen auf seinen für ihn verhältnismäßig leeren Magen getrunken hatte. „So nichtssagende Akten habe ich in meinem gesamten Dienstleben noch nicht gelesen…" murmelte er verärgert in sich hinein. Überraschen konnte es ihn aber nicht. Es bestätigte nur seine Vermutung, dass jemand im Kommissariat es auf ihn abgesehen hatte und die Akten bewusst dünn hielt… Aber wer?

Am nächsten Morgen wurde er durch ein unsanftes *KLIRR* geweckt. Er war am Schreibtisch eingeschlafen und hatte mit seinem Arm die Kaffeetasse umgeworfen. Er stellte das Heferl auf und schlich erschöpft ins Badezimmer.
Seinem Spiegelbild entnahm er die Bestätigung, dass sein Schlaf nicht die Erholung gebracht hatte die er eigentlich dringend benötigen würde. Schluss jetzt. Er brauchte endlich Fakten. Er brauchte jemanden der die Leichen gesehen hatte und dem er vertraute. Er würde sich mit Gerichtsmediziner Dr. Stohlberg verabreden. Heute noch.

***

Anjia lehnte kauernd an der kalten Steinmauer, den Kopf auf den Knien abgelegt, als sie plötzlich Schritte hörte. Die Türe öffnete sich einen Spalt und ein großer, schwarz gekleideter Mann trat maskiert ein. Sie konnte nicht einmal seine Augen sehen, was vielleicht aber auch daran lag, dass sie mittlerweile sehr schwach war und ihr alles verschwommen vorkam. Der Mann rollte eine Flasche Wasser zu ihr herüber. Anjia stoppte die Flasche mit ihrem Fuß, hob sie ungeschickt mit ihren gefesselten Händen auf und nahm einen großen Schluck. Das Wasser war eiskalt. Sie krümmte sich zusammen und als sie sich wieder gesammelt hatte krächzende sie durch ihren immer noch trocknen Hals „Wer bist du?". Sie hätte gerne lauter gesprochen oder geschrien aber die Worte blieben ihr im Hals stecken.

Der Mann schnaufte nur auf. Obwohl sie wenig sah hatte sie den Eindruck als würde ihn ihr Leiden amüsieren. Er sprach kein Wort. „Was hast du Schwein mit meiner Schwester gemacht?!" Immer noch keine Antwort.

Der Mann drehte sich um und fing an zu gehen. Anjia versuchte aufzustehen, war aber sehr schwach und als sie sich ein paar Zentimeter vom Boden erhoben hatte, war der Mann bereits weg und hatte die Türe hinter sich wieder abgeschlossen.

Anjia stieg die Hitze in den Kopf, doch sie versuchte klar zu denken. Dass der Mann ihr nicht antwortete konnte nur bedeuten, dass er nicht erkannt werden wollte. Und diese Tatsache, gemeinsam mit der Größe des Mannes und dem Rahmen der Menschen die mit dem Fall Beastfinder vertraut waren, grenzte die Verdächtigen ein…

Es gab nur wenige Personen die ihr in den Sinn kamen. Drei Personen die in Frage kommen könnten…

Thomas; Stohlberg oder… Jopetho?!

Kapitel 16

Stohlberg war „not amused", aber Jopetho und er waren in den vielen Jahren mehr als nur Kollegen geworden. Sich jetzt mit ihm zu treffen war zwar nicht verboten, aber über den aktuellen Fall durften sie eigentlich nicht sprechen. Schließlich ist Jopetho involviert, sogar suspendiert. „Scheiß drauf" sagte Stohlberg zu seinem Spiegelbild im Vorzimmer des Kommissariats und machte sich auf den Weg zum Treffpunkt. Sie hatte vereinbart, sich im Park zu treffen, nahe der Fundstelle der ersten Leiche. Jopetho schien einige Fragen zu haben. Und auch zum zweiten Opfer, dieser Anjia, welches in Jopethos Wohnung gefunden wurde wollte Jopetho noch etwas klären.

Stohlberg marschierte los in die beginnende Dämmerung. Irgendwie war seine Neugierde auf Jopetho`s Fragen viel größer, als die Angst ertappt zu werden. Jopetho war zudem ein guter Ermittler, irgendwie sogar ein Freund. Und er wollte alles tun die Aufklärung der Morde zu unterstützen. Wenn's sein muss, auch knapp an oder über der Grenze der idiotischen internen Vorschriften hinaus.

***

Als Jopetho zum Park kam, sah er sich erst mal um. Niemand war ihm gefolgt, niemand seiner Kollegen war in der Nähe … *Ex-Kollegen…* der das Treffen hätte beobachten können. Er wollte Stohlberg ja nicht in eine unangenehme Situation bringen. Der saß schon auf der Bank, keine hundert Meter von ihm entfernt. Irgendwie saß er wie ein alter Mann zusammengekrümmt da. *Will wahrscheinlich nicht erkannt werden. Verständlich. Andererseits auch kindisch unter Polizisten und Freunden.*

Jopetho ging nicht am geschotterten Weg, sondern direkt über die Parkwiese auf die Bank zu. „Stolli" rief er ihm entgegen, als er schon fast dort war. Dann sah er das Blut am Kies unter der Bank. Wenige Meter näher dann das Messer welches in dem zusammengebogenen Körper aus der Brust ragte. *Mitten ins Herz,* fiel ihm ein. *Scheiße* als nächstes. Stolli war zweifelsohne tot! Und er steckte nun noch tiefer in der Scheiße als das Messer in Stollis Brust.

Kapitel 17:

Jopetho's Puls raste. Er musste sofort die Kollegen informieren, jedoch müsste er dann erklären, weshalb gerade er Dr. Stohlberg gefunden hatte und erneut der erste am Tatort war. Er hatte zudem nun keinen Zweifel mehr daran, dass der Mörder in irgendeiner Weise in Zusammenhang mit dem Kommissariat stand.

Denk nach, denk nach! Jopetho zog sein Handy aus der Hosentasche und wählte den Notruf. Er wies sich aus, schilderte kurz den Tatbestand und nahm dann an der gegenüberliegenden Parkbank Platz. Die Kollegen würden etwa zehn Minuten brauchen, schätzte er. Er zückte sein kleines Notitzbuch und einen Kugelschreiber. Diesen hatte er einmal von „Stolli" geschenkt bekommen – welch Ironie. Er war sogar graviert, sein Name stand darauf. Fast hätte Jopetho angefangen zu weinen. Dann begann er seine Gedanken zu ordnen und sich seine Notizen aufzuschreiben.

Die erste Tote, Melinda Worms, sie war ein Groupie, welche bei mindestens vier Konzerten der Beastfinder war. In Hamburg, Berlin, München und Prag. Aber hatte Anija nicht gesagt, dass es keinerlei Reiseunterlagen auf ihren Namen gab? Hatte also der Bassist Mr. Klein alias Jonny B gelogen? Oder war der Gitarrist „Billy" vielleicht doch mehr an der jungen Frau interessiert und hatte ihr die Reise spendiert?

- *Reiseunterlagen im Namen der Band und des Gitarristen untersuchen*

51

Er schrieb seinen ersten Punkt auf das leere Blatt.

Vielleicht sollten sich die deutschen Kollegen nochmals den näheren Freundeskreis von Melinda Worms ansehen. Denn sollte der Songtext sich tatsächlich auf sie beziehen, schien es als hätte sie zumindest eine beginnende Depression. Außerdem sollte ich herausfinden, ob das alles etwas mit der SM Szene zu tun hat oder nicht.

- *Deutschen Kollegen anrufen und nach dem Background von Melinda fragen.*

Er kratzte sich am Kinn. Diese beiden Punkte konnten schon einmal schwierig für ihn werden, da er ja suspendiert war. Aber vielleicht konnte er zumindest die Kollegen darauf ansetzten, auch wenn er sich dann wohl kaum erhoffen konnte, die Informationen anschließend zu erhalten. Was er jedoch auf jeden Fall so schnell wie möglich erledigen musste, war den Wohnungen von Anija und Dr. Stohlberg einen Besuch abzustatten. Zuerst war Anijas Wohnung dran.

Aber wo wohnte Anija? Er wusste es nicht. Denn das Kontaktblatt in ihrer Akte fehlte, zusammen mit ihrer Adresse. *Das wird ja immer besser!* dachte er mit einem leisen Anflug von Verzweiflung.

- *Anijas und Stollis Wohnungen durchsuchen*

Er ging in Gedanken nochmal das Verhör des Bassisten durch. Am Ende hätte er beinahe erfahren, woher die Band von dem Mord und dem Tatort erfahren hatte. Aber auch im anschließend von Kollegen geführten Folgeverhör konnten diese dem Bassisten keine Antwort auf diese Frage entlocken, der Manager und der Anwalt blockten alles sofort ab.

Anjias SMS! Ihm viel ein, dass die Forensikerin genau hierzu Informationen hatte. Etwas über irgendeinen befreundeten Journalisten hatte sie nur anklingen lassen. Er musste an ihr Handy kommen, dieses sollte in der Asservatenkammer liegen.

- *Anjias Handy*

Und er musste herausfinden, warum der Gerichtsmediziner ermordet wurde. Jopetho hatte bereits einen Verdacht.

Ich muss seine Sprachaufzeichnungen von der Obduktion der beiden Leichen finden. Er hebt die doch immer noch auf, das hat er mir schon so oft erzählt. Aber wo? Das erzählt er niemanden! (Das waren seine Worte).

Jopetho musste einfach herausfinden, was Stohlberg gewusst hatte. Und was in der Akte vertuscht wurde.

- *Stollis Aufnahmegerät und seinen Aufnahmen finden*

Vielleicht konnte er so die fehlenden Verbindungen herstellen. Er würde es irgendwie schaffen, all die Punkte von der Liste zu streichen und dann würde er dieses Schwein fassen. Er las nochmals alle Punkte der Liste, während er in der Ferne bereits die Sirenen heulen hörte.

- *Reiseunterlagen im Namen der Band und des Gitarristen untersuchen*
- *Deutschen Kollegen anrufen und nach dem Background von Melinda fragen.*
- *Anijas und Stollis Wohnungen durchsuchen*
- *Anijas Handy*
- *Stollis Aufnahmegerät und seinen Aufnahmen finden*

Dann ließ er den Zettel in der Innentasche seines Mantels verschwinden. Nur wenige Minuten später trafen die ersten Kollegen am Tatort ein. Es wurde das Absperrband aufgerollt und gespannt, der Notarzt stellte nur noch Stohlbergs tot fest.
Die Spurensicherung traf bereits wenig später ein und es wurden erneut gelbe Hütchen mit Ziffern aufgestellt und Fotos gemacht.
Jopetho hatte das Gefühl er erlebte ein Deja Vu…
Einer seiner Kollegen kam sehr betreten und sichtlich nervös auf ihn zu und befragte ihn kurz und knapp. Jopetho empfand kaum Mitleid als vielmehr Verachtung für den ängstlichen Kollegen. Er machte seine Aussage und meinte dann er würde sich nun verabschieden, seine Kontaktdaten hatten sie ja. Ohne den jungen Kollegen noch einmal zu Wort kommen zu lassen drehte er sich um und ging davon.

Kapitel 18

„Nicht so schnell Kommissar Jopetho!". Jopetho drehte sich um und erkannte Kommissar Novak. Kommissar Novak war Jopetho aus dem Kommissariat bekannt. Er hatte zwar bislang wenig beruflich mit ihm zu tun, jedoch wusste er, dass Kommissar Novak bereits einige schwere Verbrecher hinter Gitter gebracht hatte. Seine starke dunkle Stimme versprühte eine gewisse Autorität, so auch seine kräftige Körperhaltung mit der er auf Jopetho zukam. Mit ihm war nicht gut Kirschen essen…

„Bitte?" erwiderte Jopetho kurz. „Wir sind hier noch nicht fertig. Sie begleiten uns aufs Kommissariat Hr. Jopetho. Bitte steigen Sie ein.". Kommissar Novak öffnete die Hintertüre eines Polizeiwagens. „Das ist doch wohl…", Jopetho schluckte seinen Ärger vor Beendigung des Satzes runter. Er wusste, dass es ihm nicht helfen würde sich nun aufzuregen. Im Gegenteil. Also ging er zum Auto und stieg ein.

Im Kommissariat wurden ihm alle seine persönlichen Gegenstände vorerst abgenommen und er nahm im Verhörraum Platz. Nach etwa einer halben Stunde kam Kommissar Novak in den Raum. In der Hand hielt er einen kleinen Zettel. *Verdammt* dachte Jopetho.

„Kommissar. Jopetho, Sie haben nun die einmalige Möglichkeit uns alles zu gestehen. Eine Haftstrafte wird ihnen dadurch zwar nicht erspart bleiben, aber vielleicht tröstet es Ihr Gewissen in den Jahren der Haft. Wobei ich nach all dem nicht wirklich davon ausgehe, dass Sie so etwas wie ein Gewissen überhaupt besitzen." Kommissar Novak sah Jopetho mit seinen dunkelbraunen, fast schon schwarzen Augen verachtend ins Gesicht. Bevor Jopetho den Mund zum Sprechen öffnen konnte, fuhr Kommissar Novak fort: *„Reiseunterlagen im Namen der Band und des Gitarristen untersuchen.* Sie haben also die Reiseunterlagen der amen Melinda Worms untersucht. Haben Sie sie gestalkt?! Und sie anschließend aufgesucht um sie so grauenvoll zu ermorden?!"

„Nein! Das macht doch überhaupt keinen Sinn!" wandte Jopetho ein. Doch Kommissar Novak ignorierte ihn.

„Deutschen Kollegen anrufen und nach dem Background von Melinda fragen.... Sie haben die junge Frau von vorne bis hinten observiert bevor Sie sie ermordet haben. Was sind Sie bloß für ein Mensch?"

„Einer der das nicht getan hat! Kommissar Novak! Das glauben Sie doch nicht wirklich!"

„Und als Sie Ihr Opfer dann hatten, konnten Sie immer noch nicht genug bekommen und haben bei unserer neuen Kollegin Anija ihr krankes Spiel weitergetrieben! *Anijas und Stollis Wohnungen durchsuchen, Anijas Handy, Stollis Aufnahmegerät und seinen Aufnahmen finden.* Hatten Anija und Dr. Stohlberg eine Affäre? Haben Sie es rausgefunden und war es das warum sie sterben mussten??!!"

Kapitel 19

Jopetho hatte drei Gedanken:
1. Er braucht einen Anwalt, und zwar einen Guten
2. Er kommt hier nicht mehr so schnell aus dem Kommissariat heraus. Bei der Faktenlage würde er auch so denken wie Novak... er würde sich auch verhaften!
3. Es stieß ihm sauer auf, dass jemand das Gerücht streute, Anija hatte eine Affäre mit Stohlberg. Dies war unmöglich, Stohlberg war schwul, wenngleich geheim. Also nicht offensichtlich.

„Ich möchte einen Anwalt!" sagte er und beschloss nun nichts mehr zu sagen. Zehn Minuten später saß er als Tatverdächtiger in einer Einzelzelle im Keller. Ein Wasserkrug, Kekse und ein uraltes WC neben einer Pritsche waren in diesem Etablissement inklusive. „Ihr Anwalt ist nicht erreichbar, wir probieren es Morgen noch einmal. Gute Nacht!"
Dann schloss sich die Eisentüre und nur das Glucksen der Heizung in der sich irgendwelche Luftblasen tummelten war zu hören. Kein Buch, kein Radio, nichts zu Schreiben.
Er war nun überzeugt, dass der Täter in seinem engsten Umfeld zu suchen war. Das Treffen mit Stohlberg hatte er ja niemandem mitgeteilt. Entweder man hat Stohlberg am Weg zum Park verfolgt, oder er hatte es jemandem gesagt, dass er sich mit Jopetho treffen wollte. Und noch etwas: Stohlberg hatte den Täter gekannt. Denn von einem Unbekannten lässt man sich doch nicht im Sitzen in die Brust stechen. Jopetho suchte die halbe Nacht nach einem Motiv, warum gerade ihn jemand in so eine Geschichte verwickelte, bis er schließlich erschöpft

einschlief. Erst in den Morgenstunden – die Uhr hatte man ihm auch weggenommen – schreckte er empor. Die Heizung! Sie blubberte nicht nur, sie übertrug irgendein Klopfen. Jemand klopfte an die Rohre. Kurze und lange Töne. Dreimal kurz, dreimal lang, dreimal kurz…dann Pause. Dann wieder: erneut dieselbe Abfolge! Jopetho war lange bei den Pfadfindern gewesen und kannte dieses Zeichen. Es waren Morsezeichen, sie bedeuteten SOS! Er beschloss niemand vom Wachpersonal zu rufen. Das hätte der Klopfer ja auch selbst machen können und das wollte dieser aber offensichtlich nicht. War wohl auch keiner der üblichen Verrückten oder Betrunkenen…die morsen ja nicht, die randalieren…

Jopetho klopfte mit seinem Krug mehrmals gegen das Rohr. Das SOS Zeichen verstummte. Dann kam wieder ein Klopfen, aber andere Buchstaben:

Kurz lang,	A
lang kurz,	N
kurz lang lang lang,	J
kurz kurz,	I
kurz lang	A

Jopetho antwortet:
Lang lang lang,
lang kurz lang!
Was so viel wie „OK" bedeutet! Er hatte verstanden, das es Anjia war, die da klopfte! *Anjia lebt!*

58

Kapitel 20

Anjia stockte der Atem. Konnte es wirklich sein, dass sie jemand gefunden hatte? Oder handelte es sich nur um einen grausamen Scherz ihres Entführers. Aber dieser war schon seit Stunden, wenn nicht Tagen – ihr fehlte jegliches Zeitgefühl – nicht mehr bei ihr gewesen. Ihr Magen hatte inzwischen bereits aufgehört zu knurren und Anjia hatte die Befürchtung er habe sich selbst verdaut.

Aber nun schöpfte sie das erste Mal wieder neue Hoffnung. Da war jemand und er wusste nun, dass sie hier war. Wer konnte nur der Fremde sein? War es vielleicht Kommissar Jopetho? Sie wagte es kaum zu hoffen. Die Minuten verstrichen aber nichts weiter geschah. Wieso kam niemand um sie zu retten? Langsam breitete sich Ernüchterung in ihr aus, sie würde nicht gerettet werden. Doch nun, einmal Hoffnung geschöpft wollte sie nicht mehr so schnell aufgeben. Wie konnte es überhaupt passieren, dass sie sich aufgegeben hatte? Nein, sie würde es schaffen, sie würde hier rauskommen – koste es was es wolle.

Sie zog erneut wie schon so viele Male zuvor an ihren Handfesseln. Noch gab nichts nach aber sie gab nicht auf. Der Schorf ihrer Wunden brach auf und es sickerte erneut frisches Blut ihr Handgelenk herab. Bald schon waren ihre Hände und Arme überströmt vom Blut und ihre Wunden brannten. Aber dadurch waren sie auch deutlich glitschiger. Genau das was sie erreichen wollte. Sie zog und zerrte und glaubte schon beinahe den Schmerz nicht länger ertragen zu können als es endlich doch passierte. Ihre erste Hand rutschte durch die Fessel und war frei. Noch einige Minuten an weiterer Anstrengung und Schmerzen und auch die zweite Hand war frei.

Sie seufzte erleichtert. Als erstes würde sie eine Waffe benötigen, falls ihr Entführer nun doch plötzlich zurückkehren würde. Sie fand ein altes Stück Holzbrett und befand es als vorerst ausreichend. Dann machte sie sich auf die Suche nach dem Ausgang in diesem dunkeln Raum. Inzwischen hatten sich ihre Augen an die Dunkelheit gewöhnt, trotzdem setzte sie nur ganz vorsichtig einen Fuß vor den Anderen. Sie war schwach und zittrig, die Tage ohne Essen und mit nur unzureichend Wasser hatten Spuren hinterlassen. Nur das Adrenalin und die Hoffnung es doch zu schaffen trieben sie weiter an.

Bei der Tür angekommen konnte sie es kaum fassen: Sie war nicht abgeschlossen!

Vorsichtig öffnete sie die Türe, welche sich leise quietschend öffnete und späte hinaus. Vor der Tür lag ein schwach beleuchteter Gang. Anjia überlegte kurz und schritt dann den Gang nach links entlang. Sie versuchte kein Geräusch zu erzeugen doch es fehlte ihr die Kraft ihre Beine richtig anzuheben und ein leises Schlurfen war zu hören. Sie verfluchte ihre Schwäche.

Vor ihr erkannte sie in der Ferne ein paar Steinstufen die nach oben führten und am Ende der Treppe eine Tür mit einem kleinen Fenster in der Mitte, durch welches Tageslicht drang. Anjias Herz setzte einen Schlag aus – nur noch ein paar Schritte trennten sie von der Freiheit. Plötzlich verdunkelte ein Schatten das Licht in dem kleinen Fenster und ihr Atem stockte. Jemand stand vor der Tür. Sie sah, dass eine kleine Nische rechts neben ihr in das Mauerwerk reichte und ohne viel nachzudenken versteckte sie sich darin.

Ein Schlüssel drehte im Schloss und die Tür wurde geöffnet. Sie hörte ein paar schwere Schritte die Stufen hinabsteigen. Anjia begann am gesamten Körper zu zittern. Sie hielt den Atem an und versuchte sie noch mehr in der dunklen Nische zu verstecken.

Eine dunkle Gestalt schritt mit schnellen Schritten an ihr vorbei in Richtung ihrer Gefängniszelle. Anjia wartete bis die Geräusche sich deutlich weiter entfernt hatten und sie annahm, dass ihr Entführer weit genug entfernt waren. Sie wusste sie hatte nur eine Chance, sie musste jetzt zur Tür hasten oder ihr Entführer würde ihr Verschwinden bemerken. Sie holte tief Luft, und lief los.

Sie erreichte die Türe ohne zu stolpern, was an ein Wunder grenzte. Sie drückte die Türe auf und hechtete ins Freie. Da hörte sie eine Stimme etwas weiter hinter sich fluchen und nur Sekunden später schwere Schritte in ihre Richtung laufen.

„Anjia! Du kannst dich nicht verstecken!" Panik stieg ihn ihr auf. Sie lief los und auf die Straße. Sie war orientierungslos und geblendet von der Sonne. Sie wusste nur, dass sie laufen musste. Einfach laufen.

Und dann spürte sie einen Schmerz. Zuerst in ihrer Seite, dann in ihrem gesamten Körper. Ein Hupen – wie aus weiter Ferne war das Letzte was sie noch hörte. Dann wurde alles Schwarz!

Als Anjia wieder zu sich kam, lag sie in einem hellen Raum und auf etwas Weichem. Ein leises monotones Piepsen links von ihr schien sie aufwecken zu wollen. Sie glaubte ein Krankenhauszimmer zu erkennen und eine Schwester beugte sich über sie und sprach scheinbar mit ihr, doch Anjia konnte sie nicht verstehen.

„Sie wird wach! Doktor!" dann verschwand die Schwester wieder aus ihrem Blickfeld. Anjia wollte etwas rufen aber sie konnte nicht. Sie war zu schwach. Und so müde. Als sie merkte, dass sie erneut das Bewusstsein verlieren würde, war ihr letzter Gedanke, dass sie die Stimme ihres Entführers kannte. Sogar sehr gut!

Thomas.

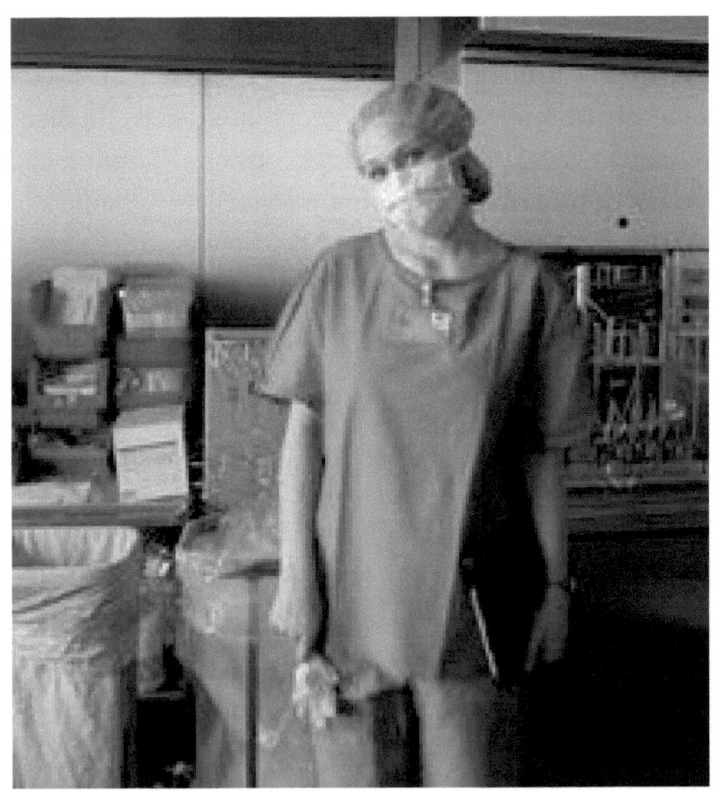

Kapitel 21

Also Jopetho früh am Morgen erwachte, klopfte er erneut an das Rohr. Kurz, Lang und alle erdenklichen Variationen um Anjia zu vermitteln, dass er, Jopetho, hier war. Sie sei nicht allein aber er könne ihr im Moment nicht helfen. Noch nicht. Doch es kam keine Antwort mehr. Er gab auf und fing schon an zu überlegen ob er sich das Klopfen vielleicht nur eingebildet hatte, es ein Traum gewesen wäre, oder ein Streich den ihm sein müder Kopf gespielt hatte, als plötzlich die Türe aufging. „Frühstück!" sagte eine Stimme und reichte ihm ein Tablett mit zwei Stück Semmeln, zwei Scheiben eines gräulich schimmernden Schinkens und einer Teebutter. „Hat sich mein Anwalt schon gemeldet??" fragte Jopetho und nahm das Tablett hungrig entgegen. „Ja. Er wird gegen Mittag im Haus sein"
Super... dachte Jopetho. Wenn er den guten Hr. Anwalt nicht gerade dringend brauchen würde und er es sich daher mit ihm möglichst gut stellen wollte, würde er dem guten Mann gerne mal ordentlich seine Meinung sagen. Oder sollte am besten der feine Hr. Anwalt sich das nächstes Mal einige Stunden hier reinsetzen und labbrige Semmeln mit trockenem Schinken essen.

***

Als Anjia wieder zu sich kam hatte sie starke Kopfschmerzen. Alle erdenklichen Stellen in ihrem Körper taten weh. Ihr Knochen, Muskeln, Gelenke. Alles. „Wir werden Ihnen etwas gegen die Schmerzen geben" sagte eine freundliche Männerstimme. Anjia neigte den Kopf nach links und sah einen

Mann im weißen Kittel der etwas am Infusionsständer herumdrückte. Offensichtlich ein Arzt. Sie neigte ihren Blick in Richtung ihrer Arme und sah dort, wo die Infusion hinführte einen Venenzugang. Sofort sehnte sie sich nach der damit verbundenen Erleichterung und dem Schmerzmittel, welches hoffentlich bald durch den Schlauch in ihre Vene fließen würde. „Sie hatten einen Unfall. Wissen Sie wo sie hier sind?"

Anjia machte den Mund auf und wollte antworten, doch ihre Kehle war so trocken, dass sie keinen Ton herausbrachte.

„Moment. Trinken Sie erstmal einen Schluck." Der Arzt reichte ihr einen Becher und hielt ihr den Strohhalm zum Mund. Anjia trank, schluckte und versuchte es dann erneut „Ich bin im Krankenhaus richtig?" „Korrekt." Sagte der Arzt. „Können Sie mir vielleicht auch Ihren Namen sagen? Wir konnten leider keinerlei Dokumente an Ihnen finden, die uns sagen konnten, wer Sie sind. Im Anschluss können wir dann Ihre Familie verständigen, sofern Sie das möchten?" „Mein Name ist Anjia Manikova. Meine Familie…" sie dachte an ihre Schwester und ein Kloos stieg ihr in den Hals. „… meine Familie wird nicht kommen. Aber sie müssen sofort die Polizei und das Kommissariat anrufen"

„Fr. Manikova, die Polizei wird bei Autounfällen automatisch verständigt. Der Fall wurde aufgenommen und wird bearbeitet aber soweit ich informiert wurde war es ein Unfall. Und nach Aussage von Augenzeugen sind Sie vor das fahrende Auto gelaufen. Der Fahrer hatte keine Chance auszuweichen."

„Es geht nicht um den Unfall!" wandte Anjia ein. „Es geht um Mord, Freiheitsentzug und dass der Täter einer von uns ist!"

Der Arzt sah sie erst verwundert und dann ernst an. Dann antwortete er: „Fr. Manikova, Sie wurden angefahren und sie

bekommen gerade sehr starke Schmerzmittel. Vermutlich haben Sie auch starke Kopfschmerzen? Bitte ruhen Sie sich zuerst einmal aus und wir werden alles Weitere besprechen nachdem wir die kritische Zeit nach einer Gehirnerschütterung abgewartet haben. Dass Sie sich an ihren Namen erinnern ist allerdings schon mal ein gutes Zeichen." Er lächelte ihr aufmunternd zu.
„Sie verstehen das nicht, es geht um Leben und Tod! Er wird weiter Morden!"

Kapitel 22:

Jopetho starrte gegen die weiße, mit Kalk bestrichene Wand. Er würde mit Novak reden, versuchen alles zu erklären sobald der Anwalt da war. Aber wie sollte man die Taten eines geistig abnormen Irren erklären? Und dass so jemand ihm, Jopetho, mehrere Morde anzuhängen versuchte? Warum sollte Novak ihm glauben?

Schritte kamen näher. Es waren zwei Personen. Die Türe ging auf und Novak kam herein. Er hatte einen seltsamen Gesichtsausdruck. Er kam wohl, weil der Anwalt eingetroffen war. Hinter ihm ging *Thomas*! „Hey" rutschte es Jopetho heraus. Dann sah er die Pistole in Novak's Rücken. Thomas schob ihn vor sich her. „Setz dich und halts Maul!" befahl er Novak. Im nächsten Moment kehrte er sich rückwärtsgehend um, und schloss die Türe hinter sich doppelt ab. Die Schritte wurden rasch wieder leiser, dann war es still. „Scheiße!" durchbrach Jopeptho die Stille. „Ja, Scheiße" wiederholte Novak und streckte ihm versöhnlich zur Entschuldigung die Hand entgegen. Dann tauschten sie ihre Erlebnisse aus. Novak war wie immer abends länger im Büro geblieben und hatte nach und nach die Punkte von Jopetho's Liste abgearbeitet. „Zuerst haben mir die deutschen Behörden mitgeteilt, dass tatsächlich der Gitarrist die Reisen für Ms. Worms organisiert und gezahlt hatte. Alle, mit Ausnahme der ersten Reise nach Hamburg. Dazu fehlen weiterhin alle Unterlagen." Jopetho kratzte sich am Kinn und dachte nach. „Zudem konnte ich herausfinden, dass sie wohl tatsächlich auch Kontakte in die SM-Szene hatte. Allerdings nur wenige und diese erst seit kurzem und nur in London. Bei den Treffen war sie meist mit einem unscheinbaren jungen Mann angetroffen worden." „Thomas?" rief Jopetho aus. „Vermutlich, aber zu dem Zeitpunkt hatten wir keinen Verdacht oder Hinweis darauf. Anjia wurde in ihrer Wohnung umgebracht. Und scheinbar hat sie eine Schwester, jedoch fehlt von dieser jede Spur. Ebenso wie von Anjia's Handy. Die Aufnahmen von Dr. Stohlberg konnten ebenfalls noch nicht gefunden werden. Also auch eine Sackgasse bis jetzt." Novak schien sehr unglücklich. „Das ist zumindest ein Anfang, aber wirklich es fehlen uns noch viel zu viele Zusammenhänge" stöhnte Jopetho. Er war enttäuscht, aber die schlimmste Erkenntnis war, dass sie hier völlig alleine im alten Keller waren und sie hier niemand hören würde. Es würde wohl viel Zeit vergehen bis sie irgendjemandem abgehen würden. Zeit in der Thomas ungestört abhauen oder weiter morden konnte.

***

Im Spital lag Anjia erschöpft im Zimmer, benommen von den Infusionen und Medikamenten. Benommen, aber auch verzweifelt. Denn der Arzt wollte ihr lange nicht glauben, was sie erlebt hatte. Dass man sie ermorden wollte… Aber schließlich gab er nach und versprach, das Kommissariat zu verständigen, wenn sie ihn nicht mehr nerve und seinen medizinischen Anordnungen folgen würde. Dazu gehörte, das Schlafmittel einzunehmen und sich nicht ständig aufzusetzen. „So Fräulein Anjia, nun schlafen Sie ein wenig! Ich habe bei der Polizei angerufen, wirklich! " sagte er beim Verlassen des Zimmers, nach dem Check ihrer EKG-Anzeige vor der Nachtruhe.

„Ein Kollege kommt bald vorbei." sagte er, bevor er die Tür von außen schloss. „Ein gewisser Thomas."

Kapitel 23

Panik stieg in ihr auf. Noch bevor sie etwas erwidern konnte, hatte der Arzt bereits das Zimmer verlassen und die Tür hinter sich geschlossen. *Denk nach Anjia, denk nach!*

Sie musste hier weg. Es bestand kein Zweifel, Thomas würde versuchen sie zu töten. Denn Sie wusste was er getan hatte. Klar, noch konnte Anjia es nicht beweisen, es stand also Aussage gegen Aussage. Aber bestimmt hatte Jopetho bereits neue Erkenntnisse und Beweise gesammelt und damit konnten sie diesen verdammten Mistkerl hinter Gitter bringen. Allerdings nur, wenn sie es lebend aus dem Krankenhaus schaffte. Sie kippte die Schlaftabletten von ihrem Nachttisch. *Steh auf. Verdammt beweg deine Füße und steh auf!*

Jeder Knochen und jeder Muskel in ihrem Körper schmerzte. Beide Arme und ihr Kopf waren mit Mullbinden eingewickelt und ihr rechtes Bein steckte in einem festen Liegegips. Das linke Bein tat weh, aber es schien nicht schwer verletzt zu sein. Mit aller Kraft stemmte Anjia sich in eine aufrechte Position. Dann biss sie die Zähne zusammen, schloss die Augen und riss sich mit einem Ruck den Venenzugang aus der Vene ihres linken Arms. Sofort floss Blut ihren Arm herab und sie presste die Finger ihrer anderen Hand darauf. Da sie kein Pflaster und keinen Verband entdecken konnte nahm sie ihren Bettbezug zwischen die Zähne und zerriss es, um einen Stoffstreifen zu erzeugen. Damit verband sie die blutende Stelle. *Einen Rollstuhl, ich brauche einen Rollstuhl.*

Sie sah einen in der anderen Ecke des Zimmers. Es kostete sie viel Kraft und Überwindung sich bis zum Rollstuhl zu kämpfen und sie stieß leise Flüche durch ihre zusammengebissenen Zähne aus. Einmal im Rollstuhl sitzend schob sie sich vorsichtig zur Tür und öffnete sie einen Spalt breit. Im Gang vor dem Krankenzimmer war niemand zu sehen. So leise wie möglich rollte sie weiter den Gang hinab, weg von den Hauptaufzügen, welche in die große Halle führten. Sie wollte die Personalaufzüge benutzen, sollte Thomas bereits im Gebäude sein. Gerade als sie um die nächste Ecke bog, hörte sie ein leises, kam wahrnehmbares „BING" der aufgehenden Aufzugtüren am anderen Ende des Ganges. Hier Herz rutschte ihr fast in die Hose. Nur dass sie keine Hose anhatte, sondern nur den Krankenhauskittel, welcher gerade so über ihrem Hintern noch geschlossen war. So leise wie sie nur konnte rollte sie weiter. Hinter ihr im Gang hörte sie leise Schritte. *Thomas!*

Er musste es sein. Es war zu früh für die Nachtschwesternrunde und zu spät für das Tagespersonal. Panik überkam sie. Sie sah die Tür zu einer Besenkammer links von ihr. Welch Ironie, das war ja wie in einem schlechten Horrorfilm. Trotzdem öffnete sie ganz vorsichtig und leise die Tür. Sie war nicht abgeschlossen. Die kleine Kammer war schön aufgeräumt und überraschend geräumig. Sie zwängte sich mit dem Rollstuhl hinein und schloss die Tür leise in dem Moment, in dem sie ein leises Türöffnen in dem Gang ums Eck hören konnte. Thomas wollte also gerade in ihr Krankenzimmer. Das war knapp. Sie versuchte ihre Atmung zu beruhigen, wie sie es normalerweise bei ihrer morgendlichen Yoga-Routine tat. Leises Fluchen, gefolgt von etwas lauteren, nun laufenden Schritten waren im Gang zu hören. Und sie kamen näher. Anija hielt die Luft an. Die Schritte liefen an der Tür zur Besenkammer vorbei. In Richtung der Personalaufzüge. Eine Weile war nichts zu hören. Dann kamen die Schritte zurück. Diesmal langsam, die Person schien zu gehen und nicht mehr zu rennen. Er würde sie finden, und dann war es aus! *Wie konnte das alles nur sein. Welches Motiv hat Thomas?*

Anija wusste es nicht. Sie wusste, wenn sie diese Frage beantworten könnte, würde sie auch die nötigen Beweise finden. Aber nur, wenn Thomas sie nicht finden würde. Die Schritte gingen erneut an der Tür vorbei, blieben dann aber stehen. Er würde sie entdecken! Da ertönte eine Frauenstimme „Entschuldigen Sie! Mister? Kann ich Ihnen helfen? Was suchen Sie hier? Um diese Zeit ist der Zutritt nur für Personal gestattet! Und die Patienten müssen alle in ihren Betten liegen, aber Sie sehen nicht aus wie ein Patient. Hallo? Sie müssen sofort mit mir kommen und das Gebäude verlassen!“ Schweigen. Die angesprochene Person schien weiter still zu stehen.

„Ich komme von der Polizei! Wissen Sie wo die Patientin aus dem Raum 209 ist. Ich sollte Sie noch befragen und es könnte sogar eine Schutzhaft erforderlich werden.“ „Die Patientin ist in Ihrem Bett, wo Sie hingehört. Sie ist schwer verletzt und benötigt viel Ruhe. Uns wurde die Befragung erst für Morgen angekündigt. Bitte kommen Sie daher morgen Früh wieder!“ „Nein da ist sie nicht! Und es haben sich neue Beweise aufgetan, wir können nicht bis morgen warten!“ Anija hielt immer noch die Luft an, außerstande sich zu bewegen oder zu atmen. Der Schweiß stand ihr auf der Stirn. Es war eindeutig Thomas, die Stimme würde sie immer wiedererkennen.

„Was reden Sie denn da? Natürlich ist sie in Ihrem Zimmer. Kommen Sie mit." Damit entfernten sich die beiden Schritte und erneut war das Öffnen einer Türe zu hören. „Ach du meine Güte! Frau Manicova?" Die Krankenschwester – zumindest nahm Anija an, dass es sich um eine Schwester handelte – rief mehrfach nach ihr. „Sie kann nur durch den Haupteingang verschwunden sein. Für den Personalausgang benötigt man einen Schlüssel. Glauben Sie, dass Sie entführt wurde? Sehen sie nur all das Blut!" Die Stimme der Krankenschwester klang mehr als besorgt. „Ich werde Sie suchen! Leider darf niemand wissen, dass ich hier war!" Und noch ehe die Krankenschwester eine Antwort geben konnte, hörte Anjia plötzlich nur ein ersticktes und leises Röcheln, gefolgt von einem dumpfen Geräusch, als würde ein Körper gerade zusammensacken und auf dem Boden landen. *Er hat sie ermordet!*

Anija war sich erschreckend sicher. Sie konnte sich lebhaft vorstellen, wie eine Frau mit aufgeschlitzter Kehle am Boden ihres Krankenzimmers lag und sich ihr Blut mit dem ihren am Boden vermischte.

Sie hörte erneut Schritte, die sich jedoch von ihr entfernten. Dann das leise „BING" des Aufzuges. Dann war es still. Aber Anjia traute sich nicht aus der Kammer. Vielleicht war es nur ein Trick und Thomas wartete bereits vor der Tür auf sie. So blieb sie die gesamte restliche Nacht in der Besenkammer, unfähig zu schlafen, unfähig sich zu bewegen. Erst als die ersten Lichtstrahlen durch den Türspalt drangen, öffnete sie vorsichtig die Tür. Niemand war zu sehen. Vorsichtig schob sie sich aus der Kammer und in Richtung ihres Zimmers. Die Tür war verschlossen, noch hatte wohl keiner die Leiche gefunden. Sie rollte weiter zum Aufzug und fuhr in die Eingangshalle. Hier war bereits das erste rege Treiben. Ärzte und Krankenpfleger kamen zum Schichtwechsel, ein paar Patienten saßen bereits auf den Wartestühlen. Von Thomas war keine Spur zu sehen. Sie rollte weiter und zum Nebeneingang, von dort aus auf den Parkplatz und in Richtung Taxistand. *Wo soll ich nur hin? Ist es im Kommissariat sicher? Oder zu Jopetho? Ich brauche dringend Hilfe, und neue Klamotten.*

Dann traf sie eine Entscheidung, rollte zum ersten Taxi in der Schlange und nannte dem Fahrer eine Adresse.

Kapitel 24

„Was ist sein Motiv?" fragte Kommissar Novak ohne Jopetho ins Gesicht zu sehen. Es machte dem erfahrenen Kommissar offensichtlich mehr aus, den Täter nicht von vorn Anfang an entlarvt zu haben, als die Tatsache hier im Keller auf unbestimmte Zeit und mit unbestimmtem Schicksal gemeinsam mit Jopetho eingesperrt zu sein. *Ein echter Held dieser Kommissar Novak,* dachte sich Jopetho. *Aber selbst, wenn sie das Motiv erahnen könnten: bringt ihm nur nix wenn wir hier nicht mehr rauskommen.*

Jopetho blickte, als hätte er die Frage gar nicht gehört auf den Tisch zwischen ihnen. Ihm ging durch den Kopf was er alles noch hätte erleben wollen und nie getan hatte. Er wollte sich einige Wochen Urlaub nehmen und zu Fuß durch ein fremdes Land gehen, seine Wohnung vermieten und ein kleines Haus außerhalb der Stadt kaufen, mit einem Kabrio und einer schönen Frau durch die französische Provence fahren, endlich die ganzen Bücher lesen die sich im Laufe der Jahre gekauft hatte... *aber das konnte doch auch auf die Pension warten, da habe ich massenhaft Zeit* dachte er sich dann immer. *Was für ein Irrglaube...* ärgerte er sich in sich hinein.

...stimmt es also was die ganzen Obergscheiden immer behaupten: dass man am Ende mehr bereut was man nicht gemacht hat als das was man gemacht hat...

Und vielleicht war Kommissar Novak kein Held, sondern nur jemand der solchen schmerzhaften Gedanken und Erkenntnissen entfliehen wollte... so wie er gerade. *Nun den...*

I'm a girl of constant sorrow
in my life theres no tomorrow
when i`m lying dead on the floor
there is no pain anymore...

...

Woher kam dieser Ohrwurm jetzt? Der hatte ihm noch gefehlt. Aber immerhin waren es andere Gedanken. Er grübelte…

„Was wenn unsere Melinda Worms nicht so unschuldig war wie wir glauben?"

„Wie meinen Sie?"

„Lassen wir doch das Sie weg, wir sitzen hier zusammen gefangen in einem Keller. Also, wenn Melinda Worms genau das alles wollte und nur jemanden gebraucht hatte, der sie bei ihrem Vorhaben unterstützt?"

„Dann wäre es trotzdem ein sehr skurriler Weg der Sterbehilfe und dies ist nicht erlaubt"

„Hast du dir eigentlich mal Thomas Vorgeschichte angesehen?"

„Wieso sollte ich...?!" entfuhr es Kommissar Novak und Jopetho sah ihn daraufhin mit erhobenen Augenbrauen an.

„Mich würde es wundern wenn es eine Reinigungskraft in diesem Kommissariat gibt, deren Hintergrundgeschichten du nicht nach bestem Wissen und Gewissen recherchiert hättest…"

„Hm. Ja ich habe ihn mir angesehen als er bei uns angefangen hat. Aber nur um sicher zu gehen, dass wir uns keine Spinner an den Stützpunkt holen!"

„Du musst dich nicht rechtfertigen. Sag einfach was du weißt"

Kommissar Novak schnaufte, beruhigte sich und wirkte dann sichtbar nachdenklich.

„Er ist unauffällig. Sogar langweilig. Nicht mal peinliche Facebookbilder hat der Typ. Er hat Praktika bei einem kleinen Musikverleger gemacht bevor er seine Ausbildung zum Forensiker gemacht hatte. Das dürfte wohl eines seiner skurrilen Hobbys sein... komische Musik zu hören"

„So etwas wie Beastfinder auch?"

„Jetzt wo du es sagst, genau so eine Art von komischer Musik und komischer Szene war das..."

„Nun dann könnte es sein, dass er unsere Tote von dort kannte..."

„Aber er war bei den psychologischen Tests immer unauffällig."

„Von denen halte ich sowieso nicht viel. Wir sind dort ja auch unauffällig. Und jetzt schau uns an. Möglicherweise sterben wir hier gemeinsam und das einzige was mir durch den Kopf geht ist dieser absurde Song der Beastfinder, ein Döner mit Allem und scharf und..."

„Und?" fragte Kommissar Novak schmunzelnd.

„Nein das wars eigentlich schon" sagte Jopetho, grinste zurück, senkte dann seinen Kopf, wechselte sein Lächeln zu einem besorgten Blick und dachte in sich hinein .... *und Anja.*

Kapitel 25

„Wo würde ich hingehen an ihrer Stelle?" murmelte Thomas vor sich hin. *Wo kann die Schlampe sich noch verkriechen?* Er? Er würde an ihrer Stelle ins Kommissariat gehen und zu Novak gehen. Sie wusste ja nicht, dass die beiden Kommissare eingesperrt im Keller hocken. „Na gut, dann komm nur, du Luder!" Er stieg grußlos ins Taxi und nannte die Adresse vom Kommissariat. Sie wird bestimmt ins Büro zu Novak gehen, aber er wird sie stattdessen erwarten. Sie wollte ihn bei Novak verraten wollen, ganz bestimmt. *Die wird sich wundern.* Er würde sie erwarten, sie erledigen und würde anschließend genug Zeit haben um in aller Ruhe abzuhauen.

***

Anija fischte eine Jacke aus dem Kleidercontainer am Straßenrand, etwas kratzig, aber eigentlich nicht unhübsch. Der Taxler ließ sie mit einem „Arschloch" zurück, als er merkte, dass sie kein Geld bei sich hatte und aussteigen wollte. Irgendeine Geisteskranke die aus dem Spital abgehauen ist, das war nicht seine Sache! Polizei konnte er nicht rufen, war er doch gar nicht legal im Land. Sie schob den Rollstuhl zwangsläufig vom Kleidercontainer weiter durch die Nacht, allein, in Richtung Kommissariat. Niemand begegnete ihr am Weg, nirgends brannte noch Licht in einem Haus. Nur beim Kommissariat, bei dem sie nach einer guten weiteren Stunde angekommen war brannte ein Licht. Das musste Novaks Büro sein…*Gott sei Dank! Er ist da.*

Sie hatte keinen Schlüssel für den Haupteingang, aber hinten war meist offen…logisch, wer bricht schon ein bei der Polizei? Und da war auch noch ein alter Besen der an der Mauer lehnte. Genau den hatte sie gebraucht, denn natürlich war das Kommissariat von hinten alles andere als Barrierefrei. Mit einem leisen und entschlossenen Knurren erhob sie sich aus dem Rollstuhl und benutzte den Besen als behelfsmäßige Krücke. Dann humpelte sie zur Tür. *Offen! Super.* Sie humpelte den Gang entlang, in dem wie immer das matte Licht leuchtete. Beim Stiegenaufgang angekommen dachte sie nach.

Zum Kellergang hinunter? …sie erinnerte sich an ihre Flucht, dann an das Klopfen und dann an Jopetho. *Wenn er es war, der gemorst hatte, war er dann auch in Gefahr? War er im Keller? War er wie sie noch vor Kurzem in einer Zelle? Sollte sie zuerst zu Novak hinauf oder in den Keller um ihn zu suchen?*

Sie hielt sich an den Heizungsrohren fest und überlegte kurz. Dann klopfte sie kurz, kurz, kurz lang lang lang kurz, kurz, kurz! Warten. Plötzlich ein Klopfen, eine Antwort. Sie folgte ihrem Herzen und stieg hinab entlang der Kellerstiege. Schon nach ein paar Stufen hörte sie Schritte vom oberen Stiegenhaus. Jemand lief von oben herunter…*Novak? Aber warum sollte der laufen? Hatte er auch das Klopfen gehört? Warum rief er nicht?* „Wer ist da?" *Und warum ist es so gespenstisch hier?*

Kurz, kurz, kurz – lang, lang, lang – kurz, kurz, kurz. Die Heizungsrohre schienen sie warnen zu wollen. Irgendetwas sagte ihr das sie wieder in Lebensgefahr war.

Kapitel 26

Weglaufen war mit der einzelnen Besenstiel-Krücke nicht möglich. Sie kämpfte sich die beiden Stiegen wieder hinauf und flüchtete so schnell es ihr gebrochenes Bein, ihre verbundenen Arme und ihr vor Schmerzen schreiender Körper erlaubten den Korridor entlang bis zur übernächsten Tür. Sie drückte sie auf und verschwand im Dunklen. Der Geruch von abgestandenem Fett und kaltem Kaffee schlug ihr entgegen. Zum Glück kannte sie die Küche des Kommissariats fast wie ihre Westentasche. Sie wusste, dass der Messerblock neben der Kaffeemaschine stand. Sie fand bis dorthin und griff nach den Messern. Als ihr das Größte gut in der Hand lag, zog sie es heraus, dann öffnete sie die Schublade rechts von ihr und zog eine Taschenlampe hervor. Anschließend humpelte sie zurück zur Tür. Das alte Telefon hing immer noch dort. Also leuchtete sie darauf und wählte die Nummer von Jopetho – Mailbox. Die Nummer von Kommissar Novak wollte ihr im ersten Moment nicht einfallen, aber zum Glück hatte sie ein ausgezeichnetes Zahlengedächtnis und nach kurzem Überlegen tippte sie eine zweite Nummer ein. Es läutete mehrmals, doch niemand meldete sich. *Verdammt.*
Dann hörte sie wieder Schritte. Sofort schaltete sie die Taschenlampe aus und hielt den Atem an.

***

Thomas ging schnell durch den Korridor. Als er sah, dass die Tür zum Keller offenstand, wusste er, dass sie da war. Er verlangsamte seine Schritte, öffnete die Tür und stieg hinab in den Keller.

***

Anjia hörte die Schritte nun kaum mehr. Aber soweit sie es einordnen konnte, waren sie die Treppen hinab in den Keller gestiegen. Konnte dies Thomas gewesen sein? Was sollte sie nur tun? Sie öffnete die Tür der Küche einen Spalt und linste hervor. Der Gang war leer und dunkel. Sie humpelte weiter in Richtung der Treppen, die ins Obergeschoss führten, weg vom Keller. Eine Stufe nach der anderen kämpfte sie sich nach oben. Ihr Bein wollte zuerst explodieren, doch nach und nach setzte ein Taubheitsgefühl ein. Im ersten Stock angekommen überlegte sie kurz, wo sie nun hingehen sollte. Detektiv Maurer und Lehmann teilten sich ein Büro am Ende dieses Ganges im ersten Stock. Sie würden jedoch nicht mehr hier sein und es konnte gut sein, dass sie auch morgen Früh nicht sofort wieder im Kommissariat auftauchen würden, da sie oft bereits zu Dienstbeginn mit Außeneinsätzen konfrontiert waren. Officer Rohleder und Klein hatten das Büro im zweiten Stock. Sie waren zwar auch sicher nicht mehr hier, jedoch würden sie morgen als eine der ersten auftauchen. Also machte sie sich auf, einen weiteren Stock zu erklimmen.

***

Thomas schnaubte vor Zorn. Das Schloss vor der Tür zu dem Raum, wo er die beiden Kommissare gefangen hielt war unversehrt. Hier konnte Anija also noch nicht sein. Und er hatte den gesamten Keller nun zwei Mal abgesucht. Keine Spur von ihr. Sie war also irgendwo anders in dem Gebäude und die Zeit drängte. Er musste sie vor dem Morgengrauen finden und ausschalten, dann musste er die beiden Kommissare loswerden und verschwinden. So hatte er sich seine Flucht nicht vorgestellt. Alles war so gut geplant und nun drohte alles schief zu gehen. Er hetzte die Stufen wieder hinauf. Oben angekommen keuchte er bereits und war außer Atem. Wo konnte das Biest nur sein? Er überlegte kurz, dann lief er in Richtung Waffenkammer in den ersten Stock. *Vielleicht dachte sie, sie könnte ihn beseitigen? Oder Aufhalten? Was für ein Fehler!*

***

Jopetho stieß Novak sanft in die Seite. „Wach auf!". Novak öffnete langsam die Augen und blinzelte ihn an. „Hmm?" „Da waren gerade Schritte zu hören und am Schloss vor der Tür wurde gerasselt. Und zuvor habe ich wieder das Klopfen an den Rohren vernommen. Vielleicht kommen wir doch hier raus." Novak kratzte sich am Stoppelbart und dachte einen Moment lang nach. „Oder es war dieser Thomas. Mal nachsehen ob wir noch hier drinnen sitzen, als könnten wir woanders hin. Pah!" Novak schnaubte verächtlich. „Ich glaube die Schritte könnten tatsächlich er gewesen sein, aber das Klopfen? Nein ich glaube wir bekommen Hilfe." „Oder bald Gesellschaft. Wenn Thomas hier herumlungert, dann hat unsere Hilfe, wer auch immer das sein soll, wohl kaum eine Chance. Er ist gerissener als wir alle vermutet hatten." Novaks Pessimismus frustrierte und ärgerte Jopetho sehr. *Anija lebt. Sie wird uns finden. Niemand ist klüger als sie. Aber Novak hat recht. Wenn Thomas sie in die Finger bekam...*

Er wollte den Gedanken nicht zu Ende führen. Er musste hier raus und ihr helfen. Und dieses Schwein festnehmen. Oh ja, das würde er genießen, wenn er ihn festnehmen und vor Gericht zerren würde. Er stand auf und durchschritt den Raum.

Irgendwie mussten sie hier rauskommen. Thomas war unachtsam und hatte sie nicht gefesselt. Also würde er es hier raus schaffen, aber wie? „Hilf mir. Wir müssen hier raus.

Es gibt einen Weg!" Novak schien zuerst protestieren zu wollen, erhob sich dann aber schwerfällig und fing ebenfalls an, nach einem Fluchtweg zu suchen. Die Minuten schienen dahin zu kriechen und Jopetho wollte schon aufgeben, da rief Novak „Ich hab's!" „Was?" „Sieh nur, da oben ist ein Gitter, das muss zu einem Lüftungsschacht gehören." Jopetho sah nach oben und begann zu grinsen. Jetzt würde sich ihr Blatt wenden!

***

Anjia stand vor der Türe und Verzweiflung machte sich in ihr breit. *Verschlossen!* Was sollte sie jetzt nur tun? Sie musste zurück Vielleicht zur Waffenkammer? Oder in den Keller? Konnte sie es schaffen sich an Thomas vorbei zu schleichen? Wenn sie Jopetho erst einmal gefunden hatte, würde es um sie wesentlich besser stehen. Mühsam humpelte sie zurück zum Stiegenaufgang, immer auf ihre Ersatzkrücke gestützt. Bergab war es noch viel schwieriger und obwohl sie sich lächerlich dabei vorkam, setzte sie sich auf ihren Hintern und schob sich so, die Beine mit ihrem Gips und dem unversehrten Fuß voran, die Treppen hinunter. Als sie gerade auf der Hälfte des Weges zum ersten Stock war, hörte sie erneut Schritte und ein Keuchen. Und die Geräusche kamen näher. Sie versteinerte und umklammerte mit ihrer rechten Hand das Küchenmesser. Die Schritte kamen näher und näher und Anjia hielt den Atem an. Und dann bog Thomas um die Ecke in den ersten Stock ein. Mit dem Rücken zu ihr blickte er in den Gang vor ihnen und schien alles abzusuchen. Ihr Herz raste und wollte scheinbar aus ihrer Brust springen. Thomas machte zwei Schritte nach vorne und sie verspürte bereits einen Funken Hoffnung, dass er sie tatsächlich übersehen würde. Doch dann drehte er sich um und sah ihr direkt in die Augen. Ein breites Grinsen stahl sich in sein Gesicht und Anija empfand blankes Entsetzen.

Kapitel 27

„Hab ich dich!" Thomas schmunzelte und zog eine Waffe. „Hast du gedacht dich gegen mich mit einem stumpfen Küchenmesser wehren zu können?" lachte er als er das Messer in ihrer Hand entdeckte.

Anija hatte Panik. Sie konnte weder vor noch zurück und das Messer in ihrer Hand erschien ihr keine geeignete Hilfe zu sein um aus dieser Situation zu entkommen. Sie blickte um sich. Irgendetwas, dass ihr helfen konnte. *Irgendetwas*!! Thomas bewegte sich auf sie zu, die Waffe weiterhin auf sie gerichtet. Sie glitt die letzten Stufen herab in den Gang. Wieder blickte sie nervös nach links und nach rechts. Thomas ging weiter auf sie zu.

An der Ecke, nur wenige Schrittlänge entfernt sah sie einen Nottaster. Ohne den Gedanken weiter zu spinnen kroch sie so schnelle es ihr möglich war auf den Taster zu, richtete sich mit letzter Kraft auf und drückte den Feuermelder-Taster. Im selben Moment hörte sie den Schrei von Thomas „Halt still!!"… dann ein lautes PENG!

Voll Adrenalin spürte sie keinen Schmerz. Sie spürte nur wie warme Flüssigkeit aus ihrem Bauch herausrann. Das laute Hallen der Sirene verklang in ihren Ohren und im selben Moment wurde das Bild vor Ihren Augen trüb. Beim nächsten Versuch zu blinzeln konnte sie die Augen nicht wieder öffnen. Sie sackte leblos zu Boden.

*****

„Das war ein Schuss!" zischte Kommissar Novak der hinter Jopetho im Lüftungsschach kroch „Und jemand hat den Feueralarm ausgelöst!". Jopetho verlor die Geduld. *Dieser Schacht musste doch irgendwo hinführen?!* Sie krochen vollkommen im dunklen und auf einer dicken Staubschicht den Lüftungsschacht entlang. Sie bewegten sich langsam aber plötzlich erkannte einen Lichtauslass wenige Meter vor ihm. Er versuchte schneller zu kriechen. Auf einmal klappte hinter ihm eine Brandschutzklappe zu. „Jopetho!" rief Kommissar Novak. Er wurde von Jopetho durch das Schließen der Brandschutzklappe getrennt und war nun im Lüftungsschacht eingeschlossen. Kommissar Novak hämmerte gegen die Brandschutzklappe, doch Jopetho kroch weiter. Er wusste, der durfte jetzt keine Zeit verlieren. Am Lüftungsauslass angekommen öffnete er das Gitter und sprang in den darunterliegenden Raum. Er landete in einem Büro. Ohne den Staub von sich abzuklopfen und lange zu überlegen rannte er zur Türe. Sie war versperrt. Da hörte er jemanden laufen... *Thomas?!!*

Die Wut und die Angst packten ihn und mit all seiner Kraft nahm er Anlauf und rammte gegen die Türe. Das Timing hätte nicht besser sein können. Als die Türe aufsprang, knallte er sie mit voller Wucht gegen den laufenden Thomas. Thomas prallte an der Türe zurück und stürzte. Jopetho durchdrang ein tiefer Schmerz in der Schulter, er verlor kurz das Gleichgewicht und stolperte ein paar Schritte weiter. Beide brauchten einen kurzen Moment um zu realisieren was gerade passiert war. Dann sahen beide auf die Waffe von Thomas, die ihm beim Aufprall aus der

Hand gefallen war. Sie warfen sich einen kurzen Blick zu, dann
stürmten beide gleichzeitig auf die Waffe zu.

PENG!!!

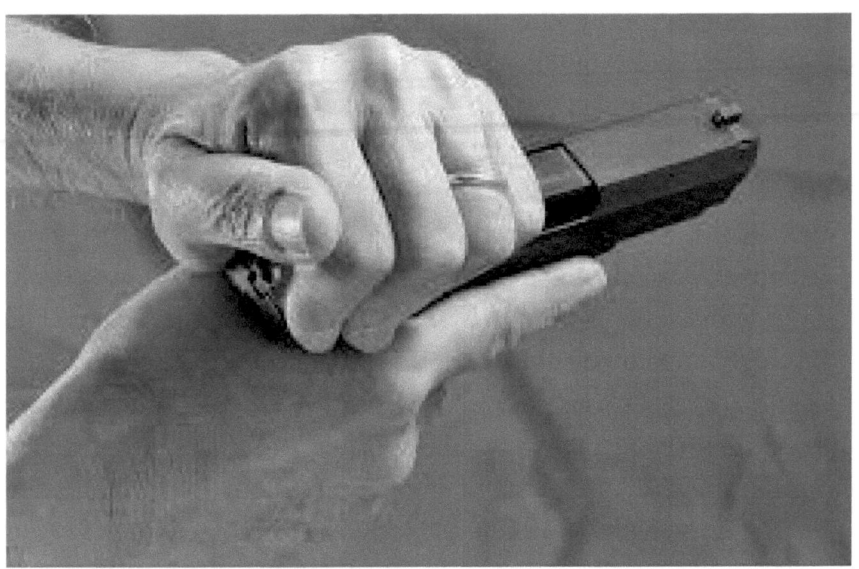

Kapitel 28:

Thomas röchelte noch kurz. Vielleicht sackte auch nur die
Lunge des leblosen Körpers zusammen und er war schon tot als
der letzte Atemzug zwischen den Rippen ihn pfeifend verließ.
Jopetho lag auf ihm. Er war ihm einfach entgegengesprungen,
hatte ihn umgeworfen als Thomas die Waffe am Boden vor ihm
an sich riss. Dann ging sie los, eingeklemmt zwischen ihren
Körpern. Der Schuss hatte Jopetho leicht verbrannt, aber
Thomas von unten durch den Bauch in den Oberkörper
geschossen. Jopetho richtete sich auf. Thomas war ihm egal.

Anija? Wo war sie?

Ein paar Schritte weiter lag sie zusammengekrümmt am Boden in einer Blutlache. Er sank vor ihr auf die Knie und griff ihr an den Hals. Er drehte sie zur Seite und sah den Einschuss an der Hüfte. Er hatte wohl den Knochen durchbohrt und die Kugel war seitlich wieder ausgedrungen. Blut trat stoßweise aus der Wunde aus. Der Feueralarm zeigt Wirkung, es drang das Blaulicht und der Lärm der Sirenen vom Hof zu ihnen hinauf. Er drückte die Wunden zu und rief um Hilfe. „Hierher! Ein Arzt! Holt einen Arzt"

***

Novak begleitete ihn vom Kommissariat ins Spital. Seit Stunden wurde Anija operiert. Zutritt verboten! Geschlafen hatte er nicht, nur seine erste Zigarette seit Jahren geraucht und den zum Fall zugezogenen Kollegen der Kripo wieder und wieder alles erneut berichtet. Er nannte ihn, Thomas, den Psychopath, den Killer, das Arschloch… er hasst ihn. Und Jopetho hasst sich selbst dafür, dass er nicht schon früher gesehen hatte, dass es jemand aus seinem engsten Umfeld, eben Thomas, gewesen sein musste. Novak verhielt sich die ganze Zeit super. Er blieb wie Jopetho selbst die ganze Zeit über im Krankenhaus und wartete mit ihm auf die Nachricht, dass Anija aus dem OP herauskam. Das half ihm jetzt in den ungewissen Stunden immens. Novak hielt ihm auch die Kollegen und die Reporter so gut er konnte vom Leib. Er lobte ihn vor den Kollegen und feierte seinen Mut und seine Loyalität trotz der Suspendierung mehrmals vor den Journalisten. Er nannte ihn sogar seinen Freund.

„Es war knapp, sie hat viel Blut verloren, aber sie wird es schaffen!" waren die ersten Worte die der Arzt sagte, als er aus dem OP zu ihnen ins Wartezimmer kam. Die anderen hörte Jopetho nicht mehr. Tränen der Erleichterung standen ihm in den Augen und er sackte auf dem Sessel im Wartezimmer zusammen. Erschöpft und erleichtert.

Minuten später stand Novak mit zwei Bierdosen in der Hand vor ihm: „Damit wir beim Warten nicht verdursten, mein Freund!" Jopetho hatte sich inzwischen trotz der Schilder am Gang eine zweite Zigarette angezündet, *scheiß drauf!*

***

Ein paar Tage später saß Jopetho in einem Stuhl neben Anija's Krankenbett und erzählte ihr in Ruhe alle Fakten und Beweise, die ihre Kollegen in der Zwischenzeit zusammengesammelt hatten. Anjia war noch recht benommen und etwas benebelt von den starken Schmerzmitteln, versuchte jedoch jedem Wort genau zu folgen.

„Thomas und Melinda Worms waren ein Paar. Sie hörten beide dieselbe Musik und unter Thomas Namen konnten wir Reiseunterlagen und Konzerttickets für zwei Personen zum Beastfinder-Konzert in Hamburg finden. Dort dürfte jedoch etwas gewaltig schief gegangen sein, denn Thomas flog alleine zurück und die beiden dürften sich getrennt haben. Wir vermuten, dass die Trennung hier schon den Gitarristen Billy als Grund hatte. Vermutlich erhoffte sich Melinda, ihn als Sprungbrett für ihre Karriere nutzen zu können.

Billy war da wohl anderer Meinung, als er sich von ihr getrennt hatte. Wir haben von Johnny B erfahren, dass er einen Streit der beiden belauscht hatte, bei dem Melinda sogar mit Selbstmord drohte, wenn Billy sie verlassen würde. Dazu kam es nie, aber der Gitarrist war davon wohl zu einer neuen Strophe im neuen Song inspiriert. Thomas wollte Melinda in London für sich zurückgewinnen, als sie ihm jedoch einen Korb gab, rastete er aus. Er sperrte sie bei sich zu Hause ein und lies sie hungern. Doch als auch dies nicht half, erschlug er sie in seinem Zorn scheinbar mit einem Hammer. Die Tatwaffe konnte bei ihm sichergestellt werden."

Jopetho nahm einen Schluck von seinem Kaffee und erzählte dann weiter: „Wir haben auch dein Handy bei ihm gefunden. Und die Aufnahmen von Stolli. Dieser Journalist hat dir eine Nachricht hinterlassen. Er hatte erfahren, dass der Manager der Band Thomas aus der SM-Szene kannte und auch Schulden bei ihm hatte. Von Thomas hatte die Band also den Tipp und all die Infos über den Mord erhalten, und weil der Manager pleite war wollte er dies nutzen um die Band wieder ganz nach vorne zu bringen. Er erhoffte sich dadurch reich zu werden. Als Thomas herausgefunden hat, dass du ihm damit zu Nahe kommst, wollte er dich aus dem Weg räumen…" Hier kam Jopetho ins Stocken. „Und hat versehentlich Irina ermordet" presste Anija zwischen ihren Lippen und unter Tränen hervor. „Ja." Jopetho wollte ihre Hand ergreifen, im letzten Moment verließ ihn jedoch der Mut und er ließ seine Hand wieder sinken. „Als er seinen Fehler bemerkte wusste er nicht was er machen sollte, also entführte er dich und hoffte, dass alle dachten du wärst tot. Was ja auch funktioniert hatte. Die Aufnahmen von Stohlberg hatte er ebenfalls. So hat er erfahren, dass unter Melindas und unter Irinas Fingernägel jeweils Hautschuppen gefunden wurden. Stohlberg wollte einen DNA-Abgleich anordnen. Und da

Thomas DNA scheinbar wegen irgendeines kleinen Vorfalls während seiner Collegezeit in der Datenbank hinterlegt ist, musste auch der Doktor sterben. Noch dazu, weil ich ihm in die Quere gekommen bin." Erneut nahm er einen Schluck vom Kaffee. „Das Einzige, was wir noch nicht verstehen ist, warum er es so auf mich abgesehen hatte."

„Das kann ich dir sagen. Thomas und ich waren ja eigentlich so etwas wie Freunde. Und er mochte dich nie besonders. Er meinte immer du hättest ihn an seinem ersten Tag gleich vor Kollegen lächerlich gemacht und seitdem war er stets froh, dir aus dem Weg gehen zu können." Anija lächelte leicht „Da kamst du ihm wohl als Sündenbock gerade recht"

„Scheint wohl so" Jopetho wirkte nachdenklich, er konnte sich an so einen Vorfall beim besten Willen nicht erinnern. „Ich werde dich jetzt ein wenig Schlafen lassen, ich komme dich morgen wieder besuchen, natürlich nur wenn du das möchtest" Er wirkte verlegen. Anija hingegen lächelte erneut und hatte auf einmal ein Strahlen in den Augen.

* The End*

Herstellung und Verlag:
BoD – Books on Demand, Norderstedt
© 2022 Josef Thon

ISBN: 978-3-7562-0267-6